Mes aventures chéries

Quatre filles pour un trésor

Mes aventures chéries

Quatre filles pour un trésor

Charlotte Grossetête

FLEURUS

Illustration de couverture : Colonel Moutarde

FLEURUS

Direction : Guillaume Arnaud
Direction éditoriale : Sarah Malherbe
Direction artistique : Élisabeth Hebert
Édition : Claire Renaud
Fabrication : Thierry Dubus, Gwendoline da Rocha
Mise en page : Text'oh

Site : www.fleuruseditions.com
ISBN : 978-2-2151-2107-7
Dépôt légal : octobre 2013
Code MDS : 651 736
N° d'édition : 13 226

À Clémence et Alix,
cousines dans la « vraie vie »,
et à toutes les familles qui aiment le cap Fréhel.

Chapitre 1

– Les petits sont fatigués. Il va être l'heure de rentrer.

– Oh non, pas déjà !

Les filles protestent avec force. C'est le premier jour de ces vacances en Bretagne ; Clémence, Alix et Juliette sont encore en pleine forme, et elles n'ont pas envie de tourner le dos au cap Fréhel alors que le soleil scintille si fort au-dessus de la mer. Clémence et Alix, les deux cousines, sont aussi endurantes l'une que l'autre ; et Juliette, la meilleure amie de Clémence, habituée aux sentiers raides des Alpes, se sent d'attaque pour marcher trois heures de plus.

– Pourquoi ce sont toujours les petits qui font la loi ? demande Clémence en abaissant le regard jusqu'à la minuscule Marion. Sa petite sœur, pas plus haute que trois pommes, a le chapeau de travers et les cheveux collés par la chaleur. Elle trottine en zigzag comme si elle avait bu une bolée de cidre. Derrière elle, son cousin Stéphane pleurniche, accroché à la main de son papa. Laure et Guillaume, du haut de leurs quatre ans, ont l'air tout aussi épuisés.

Prises de pitié, les grandes soupirent. Voilà ce que c'est que d'être les aînées ! Mais il est si mignon, ce cortège d'escargots groggy !

Les parents se parlent un instant à voix basse, et le père d'Alix conclut tout haut :

– Écoutez, les filles. Vous connaissez le chemin pour retourner au gîte. Vous pouvez rester une petite heure au cap avant de rentrer.

Le père de Clémence tend à sa fille un billet de 10 euros :

– Voici de quoi acheter des glaces à *La Fauconnière* pour recharger les batteries avant le chemin du retour.

L'explosion de « merci » qui s'ensuit doit résonner jusqu'en Angleterre !

– Une seule petite consigne, ajoute le père de Clémence en prenant sa fille par l'épaule. Vous voyez ce chemin qui descend, à moitié mangé par les bruyères ?

Il désigne du doigt un étroit sentier, très mal tracé, qui semble plonger vers la mer juste derrière *La Fauconnière*. C'est le « chemin des fous », qui porte bien son nom. Il suit toute la pointe du cap à flanc de falaise. Il est étroit, glissant, balayé par le vent et, si on fait un pas de travers, on chute de soixante mètres dans les vagues...

– Message reçu cinq sur cinq, dit Alix. On n'ira pas par là.

– Parole d'honneur, ajoute Clémence. Surtout que la mère de Juliette a le vertige !

– Mais ça n'est pas héréditaire, répond Juliette en riant.

– Non, mais elle ferait une drôle de tête si elle imaginait que je t'ai invitée en vacances pour devenir funambule.

Quelques minutes plus tard, les trois filles, glace à la main, déambulent sur le chemin bien balisé qui contourne le phare. Une foule de touristes s'y promène en rangs serrés.

– On se croirait dans le métro, murmure Juliette.

– C'est quand même plus joli, remarque Alix.

La mer s'étend à perte de vue, striée par les courants, le vent et les sillages des bateaux à voile.

– Tu as déjà vu des moutons galoper sur l'eau ? demande Clémence à son amie en montrant la mer d'un air espiègle.

Juliette réfléchit un instant, intriguée, le regard braqué sur l'eau. Ça doit être une de ces bonnes blagues dont Clémence a le secret. Elle finit par lâcher, amusée :

– C'est un poisson d'avril ? En plein mois de juillet ?

Clémence et Alix éclatent de rire ensemble et désignent à Juliette les vagues surmontées d'écume qui parcourent la mer. C'est cela qu'on appelle des « moutons »... Mais forcément, quand on passe toutes ses vacances en Haute-Savoie comme Juliette, on cherche de vrais moutons !

– Euh... mesdemoiselles, s'il vous plaît, vous pourriez vous décaler ?

Le touriste qui a interpellé les filles est pressé de prendre LA photo du siècle avec LE bon éclairage sur la roche aux mouettes, pic dressé dans la mer à quelques mètres du cap.

Juliette, compréhensive, fait trois pas de côté. Mais Clémence et Alix, elles, en ont assez.

– Les troupeaux, il n'y en a pas que sur la mer ! soupire Alix.

– Si on se mettait un peu à l'écart pour finir nos glaces tranquilles ? propose sa cousine.

Elle désigne un petit chemin discret qui descend en pente douce vers les rochers. Légèrement en contrebas, il y aura bien de quoi s'asseoir face à la mer et à l'abri du vent.

Sautillant dans leurs chaussures de marche, les filles s'engagent sur le sentier désert. Mais, très vite, il devient beaucoup plus escarpé.

– Oh là ! s'exclame Clémence qui a pris la tête du trio. On ne serait pas sur le chemin des fous ?

– Impossible, il est de l'autre côté de la pointe, répond Juliette.

– Oui, mais il en fait le tour ! intervient Alix. C'est peut-être par ici qu'il remonte ?

– Ça expliquerait qu'il n'y ait personne, reprend Juliette. Cette pente doit décourager les promeneurs en sandales. C'est un vrai tapis roulant ici !

– Demi-tour, décide Clémence. On a promis de faire attention !

Les deux autres hochent la tête. Avant de faire machine arrière, elles s'attardent un peu à contempler le paysage. Elles n'entendent que le sifflement du vent dans leurs oreilles et le piaillement incessant des oiseaux qui tournent autour du rocher aux mouettes.

– Dommage qu'on n'ait pas de jumelles... On verrait les oisillons dans les nids, fait remarquer Clémence. Papa m'a dit qu'en ce moment tous les œufs avaient éclos, et que les mères étaient en train de nourrir leurs petits avant le grand départ.

– Quel grand départ ? demande Juliette.

– L'envol vers le large. Il y a plusieurs espèces d'oiseaux qui nichent ici : des mouettes, des goélands, des guillemots... mais ce sont toutes des espèces hauturières.

– Euh... dictionnaire ? demande Alix.

– « Qui vivent en haute mer », explique Clémence, contente de son effet. Une fois sortis des œufs, les oisillons s'entraînent à voler en piquant vers la mer. Ensuite, tout le monde part vers le large.

À cet instant, des piaillements aigus se font entendre. À quelques mètres d'elles, dans un creux de rocher, se cache un nid bien camouflé ! Les promeneuses ne l'auraient jamais remarqué si ses minuscules habitants n'avaient pas donné l'alerte. Car la couvée d'oisillons qui s'y trouve est prise d'une franche panique, et les filles comprennent vite pourquoi : en l'absence de la maman mouette, une corneille s'apprête à fondre sur le nid ! Gourmande et déjà sûre de son affaire, elle veut dévorer les petits oisillons !

Ni une ni deux, Clémence atteint le nid avant le prédateur et dispose ses mains au-dessus en parapluie, tandis qu'Alix et Juliette poussent des cris à effrayer un condor des Andes. La corneille tournoie, hésite, s'éloigne, revient mais, devant l'acharnement des trois filles, elle finit par aller tenter sa chance ailleurs.

– Les pauvres, ils ont eu peur, murmure Clémence en regardant les trois oisillons qui tremblent du bec aux pattes.

– On l'a bien eu, cet oiseau de malheur. Mais pourvu que la mère revienne vite : on ne va pas pouvoir rester ici à monter la garde toute la soirée !

Des cris stridents résonnent soudain au-dessus des filles. Folle de rage, la maman mouette pique vers le nid, croyant sa couvée attaquée par les trois filles. Celles-ci s'écartent brusquement. L'oiseau atterrit sur son nid tout en continuant à piailler des injures dans son langage de mouette.

– Mais non, mais... commence doucement Alix comme pour dissiper le malentendu.

Clémence l'interrompt d'une voix vibrante de colère :

– Dis donc, la mouette ! crie-t-elle. On t'a sauvé tes petits, d'accord ? Alors, pas d'erreur judiciaire, OK ? Si tu veux crever les yeux de quelqu'un, retrouve la corneille qui a failli manger tes enfants. Nous, tu nous parles gentiment, s'il te plaît ! « Merci Alix, merci Juliette, merci Clémence ! »

Le ton de la tirade a cloué le bec à la mouette. A-t-elle compris ? On dirait que oui ; elle hoche la tête en regardant les filles de côté, comme si elle se sentait penaude. Puis soudain, sans prévenir, elle décolle et s'éloigne à tire-d'aile en suivant le contour des falaises.

– Gonflée, la mouette ! s'exclame Clémence. Elle a compris qu'on était sympas, alors maintenant elle nous prend pour ses baby-sitters ! Madame peut partir à la chasse, son nid est bien gardé, et bénévolement en plus... Non mais !

– Il ne faudrait pas qu'on tarde, suggère Juliette. Vos parents vont s'inquiéter.

– Tu as raison. Tant pis pour cette sorcière à plumes, j'espère que ses oisillons s'en sortiront tout seuls.

Les filles sont déjà presque en haut du chemin quand la mouette revient sur elles, arrivée d'on ne sait où. Elle se pose juste devant les marcheuses. Elle tient dans son bec une chaîne dorée... À la manière dont elle tend le cou vers Alix, les filles comprennent qu'elle veut leur en faire cadeau. Alix se baisse et saisit délicatement le bijou.

– Merci ! souffle-t-elle, stupéfaite.

« C'est moi qui vous remercie » semble dire l'oiseau en inclinant la tête.

– Où as-tu trouvé cette chaîne ? demande Clémence en articulant chaque syllabe, comme quand on parle à une correspondante américaine.

Mais il n'y a que dans les fables de La Fontaine que les animaux sont doués de parole ; et la mouette, après avoir secoué ses ailes comme pour faire la révérence, sautille jusqu'à son nid pour retrouver ses oisillons.

Les filles n'en reviennent pas.

– C'est de l'or véritable, souffle Juliette.

– Comment le sais-tu ? demandent en duo les cousines.

Juliette éclate de rire :

– Dites donc, les filles, ce n'est pourtant pas moi la spécialiste de la Bretagne ! Mais avec l'humidité et le sel dégagés par vos « moutons » de mer, le plaqué or ne résisterait pas à la rouille !

– Y a du vrai dans ce qu'elle dit, la Savoyarde ! s'exclame Clémence en tapotant l'épaule de sa meilleure amie.

Un peu plus tard, les filles arrivent au gîte que les deux familles ont loué ensemble à Plévenon. Leurs langues ont autant marché que leurs jambes sur le chemin du retour, et leurs réserves d'énergie plafonnent encore à 99,9 % ! Elles font irruption dans la cuisine au moment où la vieille dame bretonne qui tient le gîte est en train d'expliquer aux parents le fonctionnement de la maison. Elles attendent poliment la fin des instructions, mais ne peuvent s'empêcher de tournicoter entre le réfrigérateur et la baie vitrée, comme des crevettes dans un bocal.

– Alors, cette balade ? demande le père d'Alix.

– Hum, on aurait dû vous laisser de la crème solaire, ajoute la mère de Clémence en regardant les joues cramoisies des trois filles.

Mais c'est l'excitation, plus que les UV, qui leur donne la couleur de tourteaux bouillis.

Exhibant fièrement la chaîne en or, les sauveuses d'oisillons racontent comment elles ont mérité ce mystérieux trophée.

– Et si la mouette avait volé ce bijou à une promeneuse ? demande la mère d'Alix, inquiète.

– On y a pensé, rétorque Clémence. On a demandé aux gens, là-haut, si quelqu'un réclamait cette chaîne. Mais non, personne ne savait d'où elle venait. Si la mouette avait attaqué des touristes, ça se serait su…

– D'ailleurs, les oiseaux n'attaquent les hommes que dans les films d'Hitchcock, ajoute le père de Clémence.

Une exclamation de stupeur retentit alors. La dame du gîte s'est approchée des filles et ses yeux écarquillés sont aimantés par la chaîne dorée.

– Je peux la voir de plus près ? demande-t-elle.

Alix la lui tend bien volontiers. La vieille dame tourne et retourne le bijou entre ses doigts, semblant chercher un détail sur le fermoir.

– Mes lunettes, où sont mes lunettes ? s'inquiète-t-elle.

Le père d'Alix lui donne aussitôt ses binocles, restés sur la table de la cuisine.

– Merci, dit la vieille dame. Je n'y vois plus bien clair à mon âge.

Alix, Clémence et Juliette sont suspendues à ses lèvres. La vieille dame reprend son examen du fermoir.

– Là... oui, c'est le poinçon ! s'exclame-t-elle d'un ton voilé par l'émotion.

– Quel poinçon ? demande Alix.

– Attendez... Je ne suis pas sûre... Ma mémoire me joue parfois des tours, vous savez... Je vais appeler mon mari. Yvon ! Yvon ! claironne-t-elle par la porte vitrée.

Un vieux monsieur ne tarde pas à se montrer, une fillette sur ses talons. La voix de sa femme lui a fait sentir qu'il y avait urgence, et il se hâte autant qu'il peut, appuyé sur sa canne.

– Qu'est-ce qu'il y a ? demande-t-il tout essoufflé.

– Regarde cette chaîne, regarde ! Est-ce que tu penses la même chose que moi ?

Le vieil homme se penche sur le bijou, et aussitôt, figé par l'étonnement, il demande d'une voix blanche :

– Qui l'a retrouvée ?

Chapitre 2

– Cette chaîne faisait partie d'une montre ancienne en or, commence Yvon.

Tout le monde s'est assis autour de la table de la cuisine et, malgré l'heure tardive, les petits ont été autorisés à aller jouer dans le bac à sable du jardin pour ne pas troubler les explications du vieux monsieur. Après sa première phrase, il s'interrompt quelques secondes ; on n'entend plus qu'une mouche solitaire qui bourdonne sous le plafond.

– C'est une montre que mon grand-père m'a donnée quand j'avais votre âge, mesdemoiselles, reprend Yvon après s'être éclairci la voix. Pensez comme j'étais fier ! Un bijou de famille bien à moi alors que je n'avais pas encore de poils au menton !

Les trois filles regardent en souriant la barbe blanche bien fournie du vieux Breton.

– Ensuite, le temps a passé, rythmé par le tic-tac de cette montre. Elle n'avait jamais de problème de mécanique. Il fallait juste la remonter de temps en temps pour qu'elle reste toujours à l'heure. Donc, les années ont filé. J'ai épousé Marie. Et puis l'heure de la guerre a sonné.

– La Première Guerre mondiale ? demande Juliette.

Les deux Bretons éclatent de rire.

– Tout de même, on n'a pas cent vingt ans ! s'exclame Marie. Je suis ridée comme une vieille pomme, mais…

– … mais toujours aussi belle, interrompt Yvon en regardant sa femme avec tendresse. Bref, non, je vous parle de la Seconde Guerre mondiale ! Vous avez peut-être appris à l'école que les armées d'Hitler ont envahi la France. Ici, sur les côtes bretonnes, on a été spécialement encombrés par ces gens-là pendant six ans.

– Pourquoi ? glisse Clémence.

– Parce que les nazis craignaient un débarquement depuis l'Angleterre, un débarquement qui libérerait la France. C'est d'ailleurs ce qui s'est passé en 1944, en Normandie. Mais depuis 1939, déjà, ils surveillaient la mer jour et nuit. Ils ont construit de magnifiques observatoires en béton partout sur la côte, on les appelle des blockhaus, vous en verrez beaucoup au cap Fréhel.

– C'est vrai, c'est joli ? demande naïvement Clémence.

Yvon sourit.

– Non. C'est très laid, bien sûr. Heureusement, les blockhaus sont maintenant bien camouflés par la végétation.

– Et votre montre ? intervient Alix qui a le sentiment qu'on s'éloigne du sujet.

– Oui, petite. Ma montre ! Eh bien, les soldats d'Hitler qui étaient en garnison au cap Fréhel ne se sont pas gênés pour voler les familles de Plévenon. Ils nous prenaient surtout des cochons ou des vaches, pour bien manger. Mais ils dérobaient parfois aussi des bijoux, de la vaisselle... Et c'est ainsi que ma montre a disparu. Un jour que les soldats fouillaient notre maison sous prétexte d'y chercher des résistants, un gros caporal est reparti avec le cadeau de mon grand-père.

– Et vous n'avez rien dit ?

– Il ne faisait pas bon protester contre l'armée d'Hitler, soupire Marie.

Comme pour dissiper ce mauvais souvenir, elle se lève, dispose des assiettes sur la table, et commence à y déposer une part d'un gâteau à l'odeur savoureuse.

– Qu'est-ce que c'est ? demande le père de Clémence.

– Du quatre-quarts breton. Un quart de beurre, un de farine, un de sucre et des œufs... Bon, ce n'est pas très léger, mais c'est très bon !

– Mmmh, merci, madame, fait Juliette en prenant l'assiette que lui tend la vieille femme.

– Et puis, ce n'est pas tous les jours qu'on retrouve la chaîne d'une montre disparue, plaide Marie. Tu en veux, Gwenaëlle ?

Elle s'adresse à la fillette qui accompagnait Yvon à son arrivée. Celle-ci s'est assise en bout de table et ne perd pas une miette de la conversation. Tous les regards convergent sur elle, ce qui la fait sourire et rougir à la fois.

– Gwen est notre arrière-petite-fille, explique Marie. Elle vit à Rennes, et nous avons la chance de l'avoir quelques jours à la maison pendant que ses parents travaillent. En fait, c'est notre fils Alain et sa femme Christine, ses grands-parents, qui la gardent ; mais ils ont dû s'absenter. Et voilà comment notre pauvre Gwenaëlle se retrouve toute seule entre ses vieux arrière-grands-parents !

Gwen lance un regard affectueux à Yvon et Marie. On voit bien que cela ne lui pèse pas d'être en si douce compagnie.

– Bonjour, Gwen, clament les trois filles en chœur. Tu as quel âge ?

– Neuf ans et demi, répond la fillette, en insistant sur le « demi », car elle devine que ses interlocutrices sont un peu plus âgées.

– À votre santé, fait Yvon en levant son verre.

Un silence gourmand entoure la dégustation de l'excellent quatre-quarts.

Mais il est vite troublé par des cris d'Apaches venant du jardin.

– C'est pas ton seau ! C'est mon mien !

Les deux mamans bondissent ensemble vers la porte.

– Laure, Guillaume, ne vous battez pas ! Il y a assez de seaux pour tout le monde.

– Mais le seau vert, il est à moi, pleurniche Laure.

Tandis que les deux mères sortent pour tenter d'enterrer la hache de guerre au fond du bac à sable, Clémence demande, songeuse :

– Mais où est la montre qui pendait au bout de cette chaîne ?

– C'est bien ce que je me demande, répond Yvon. Est-ce que la chaîne traînait quelque part, toute seule ? Ou y avait-il aussi la montre ? Et tous les autres objets volés aux familles du village ? Dommage que les mouettes ne causent pas, hein !

– Vous avez cherché partout à la fin de la guerre, je suppose ? demande le père d'Alix.

– Oui ; enfin, dès qu'on a pu. Les nazis avaient truffé toute la lande de pieux, de barbelés, de mines ; et bien sûr, ils n'ont pas enlevé leurs saletés en partant. Les démineurs ont mis longtemps à rendre le terrain accessible. Après, on a fouillé les blockhaus, mais tout était vide. On a fini par penser qu'ils avaient emporté le butin avec eux...

Marie hoche la tête et ajoute :

– Bien sûr, les doutes sont toujours restés. Nos ennemis ont décampé dans l'urgence quand l'armée alliée est arrivée. Une vraie débandade. Au milieu de la panique, on voit mal comment ils auraient pensé à emporter tous ces objets encombrants. Ils pensaient plutôt à sauver leur peau.

– Il y a tout de même eu des gars pour défendre les blockhaus jusqu'au bout, précise Yvon.

– Oui, mais ils ont été délogés par une compagnie américaine, et ils sont sortis de leurs abris les mains sur la tête. Ce n'est pas eux qui ont pu emporter le butin, tu sais bien...

Yvon soupire :

– On a fait des milliers de suppositions avec nos voisins, sur ce qui avait pu se passer... Le mystère est resté entier.

Les deux Bretons se taisent, songeurs.

– Eh bien, on va mener l'enquête ! lance Clémence d'un ton résolu.

– Euh... intervient son père. Minute papillon, n'oublie pas que vous êtes encore des chenilles.

– Oh, papa !

– Jolies, futées, sportives, débrouillardes, d'accord ; mais des chenilles quand même, reprend le père.

Il se tourne vers son frère, et vers les deux mamans qui rentrent à cet instant, après avoir calmé les petits guerriers.

– Jean et vos mères sont sûrement d'accord avec moi : les falaises du cap sont un terrain d'exploration trop dangereux.

– Vous savez que vous pouvez nous faire confiance pour ne pas prendre de risques, rétorque Alix. Mais la mouette a mis quelque temps à aller chercher cette chaîne. Elle a peut-être volé jusqu'aux plages qui sont de l'autre côté, à l'ouest. On ne risquerait rien à fouiller par là-bas, si ?

– Ces plages sont difficiles d'accès, il faut descendre du haut des rochers, c'est pour ça qu'elles sont désertes, objecte le père de Clémence.

– Nos filles sont agiles, intervient son frère. Rappelle-toi : à leur âge, on allait se promener seuls là-bas.

– Oui, mais on n'a jamais trouvé de trésor...

– Parce qu'on n'en cherchait pas ! On jouait aux explorateurs du septième continent, pas aux chercheurs d'or !

Les deux frères échangent un sourire complice à l'évocation de leurs souvenirs d'enfance.

– Et vous, les mamans, qu'en pensez-vous ? demande le père de Clémence.

– Les filles ne connaissent pas la côte, répond la mère d'Alix. Je ne serais pas très rassurée qu'elles s'y promènent toutes seules...

– Moi, je connais ces endroits par cœur, fait une voix timide.

Tout le monde se tourne vers Gwenaëlle.

– Si vous voulez bien que je vous accompagne un peu, dit la petite Bretonne, je pourrai peut-être vous aider...

– Non seulement on veut bien, mais ça nous fera très, très plaisir ! s'exclame chaleureusement Juliette.

Les deux cousines l'approuvent par des hochements de tête vigoureux.

Gwenaëlle s'adresse à ses arrière-grands-parents :

– Mamm-gozh, tad-kozh, vous voulez bien ? Sauf si vous avez besoin de moi à la maison ?

– Aucun problème, répondent Yvon et Marie.

Ils ont jugé au premier coup d'œil que le trio était recommandable. Eux qui craignaient que Gwenaëlle ne s'ennuie avec eux, ils sont ravis que la fillette ait trouvé des amies.

– Si vous retrouvez cette montre... ajoute Yvon en souriant.

Mais il se ravise, se tait, et porte à sa bouche un dernier morceau de quatre-quarts.

– Oui ? demande Gwen.

– J'allais dire qu'elle t'appartiendrait, puisque tu es mon arrière-petite-fille. Mais non, bien sûr, elle sera à celle qui aura mis la main dessus.

– Pas question ! protestent les trois amies. D'abord, on travaille en équipe... Et puis, cette montre vous appartient.

Yvon sourit, attendri par la spontanéité et l'enthousiasme des filles.

Il n'ose pas dire le fond de sa pensée, qui est plutôt : « J'allais dire que cette montre t'appartiendrait, mais je ne me fais pas d'illusions, vous ne la retrouverez jamais... hélas. »

La jeunesse, il ne faut pas la décourager, même quand ses rêves sont un peu fous.

Chapitre 3

– Ah, enfin ! Pas trop tôt !

Alix pose son livre d'Agatha Christie dans le hamac qu'elle occupait, se laisse glisser par terre avec la souplesse d'un chat, et bondit vers la cuisine où Clémence et Juliette viennent d'apparaître en pyjama et avec des coiffures saut-du-lit.

– Salut les belles au bois dormant ! Ça fait deux heures que je vous attends !

– Y a que les marmottes pour hiberner en hiver, répond Clémence en s'étirant. Les meilleures grasses matinées du monde, c'est quand le soleil d'été vous caresse les doigts de pied au bout de la couette !

– Je vous rappelle quand même qu'on a une enquête à mener, fait Alix en remplissant pour les retardataires deux bols de chocolat crémeux.

– Patience ! fait Juliette avec un sourire. Il me faut cinq tartines pour prendre des forces et je serai opérationnelle. Gwen est debout aussi ?

– Elle vient de finir son petit déjeuner.

Clémence rit :

– Bon, tu vois, ce n'était pas la peine de se lever avec l'aube ! Je suis sûre que ton Hercule Poirot sait se reposer quand il est fatigué. Tu l'as laissé dans le hamac, d'ailleurs, et il est sûrement content de se balancer au vent.

– Il a presque bouclé son enquête, lui, soupire Alix. Plus que deux chapitres et le livre est fini. *The end !*

Par la porte vitrée ouverte sur le jardin où le soleil finit de sécher la rosée, les filles voient la mère de Clémence rentrer de la maison d'Yvon et Marie, un papier à la main.

– Bonjour, les minettes ! Vous avez bien récupéré ?

Trois bisous, sucrés d'un soupçon de miel et de confiture. La mère de Clémence rit et s'essuie discrètement la joue. Elle pose son papier à côté de l'évier et commence à préparer le pique-nique.

– Je peux t'aider, Sophie ? demande Alix. J'ai terminé mon petit déjeuner depuis des lustres, ajoute-t-elle avec un clin d'œil aux deux autres.

Deux minutes plus tard, tout en garnissant les sandwichs de jambon, Alix lance à Juliette et à Clémence :

– Par où on commence aujourd'hui ?

– Par des maths, intervient la mère de Clémence. Les devoirs de vacances, c'est important pour entretenir les neurones !

Concert de protestations : Clémence s'écrie qu'on n'est qu'au début du mois de juillet, Juliette prétend que ses parents ne la font jamais travailler l'été et Alix tente une négociation en vue de repousser la corvée au surlendemain.

La maman de Clémence laisse passer ce flot de plaintes avec un sourire résigné. Puis, s'essuyant les mains au torchon, elle attrape le papier et réclame le silence.

– Je suis désolée, dit-elle, mais un petit problème de maths ne fera de mal à personne, et vous devriez le finir assez vite, d'autant plus que vous avez le droit de vous y attaquer ensemble. Vous pouvez même appeler Gwenaëlle pour vous aider !

– Nous aider ? grommelle Juliette. Mais elle est en CE2... je ne sais même pas si elle connaît déjà les divisions ! Ce n'est pas juste pour elle non plus.

– Ça tombe bien, il n'y a qu'une seule division, répond du tac au tac l'impitoyable maman. Puis, devant le silence de marbre, elle poursuit en souriant : « J'ai rédigé ce problème sur une idée d'Yvon et Marie. Regardez. »

Elle pose la feuille de papier sur la table du petit déjeuner. Les trois filles se penchent dessus comme si c'était un mouchoir sale ; mais bientôt leurs yeux s'allument, elles éclatent de rire, et Clémence lit à voix haute l'énoncé du problème :

« Voici, dans la liste ci-dessous, la valeur des différents objets volés aux familles du village pendant la guerre.

Trouvez la somme globale en francs de l'époque. Sachant que 1 euro équivaut à 5,55 anciens francs, calculez la valeur totale du butin en euros. »

Suit une liste d'une trentaine d'objets.

– Je cours chercher un crayon, s'exclame Juliette, oubliant sur-le-champ que les devoirs de vacances sont prétendument « abolis » dans sa famille.

– Attendez, intervient la mère de Clémence. Commencez donc par vous habiller, Clémence et toi. Je vous propose d'emporter ce problème sur la plage pour travailler en plein air, c'est plus sympa ! Vous pouvez passer prendre Gwenaëlle au passage : Yvon et Marie sont d'accord.

Une demi-heure plus tard, les quatre filles sont allongées sur le ventre, les coudes dans le sable chaud. Deux ou trois familles sont éparpillées sur la plage ; la plupart des touristes n'arriveront qu'en début d'après-midi. L'air est vif mais il n'y a presque pas de vent, et la mer vient lécher le rivage en douceur.

– Vous verrez, a prévenu Gwen tandis qu'elles dévalaient les dunes : ici, l'après-midi, ça cogne. Il y a de gros rouleaux dans lesquels ont peut jouer, mais il faut faire attention à ne pas se laisser emporter. Le matin, au contraire, c'est calme plat !

Dans un merveilleux silence émaillé par le cri des mouettes, les filles commencent à additionner les chiffres de la liste.

– Qu'est-ce que ça veut dire, une ménagère ? demande Juliette.

– Ça doit avoir un rapport avec le ménage, suggère Clémence. Une pelle et un balai, peut-être ?

– À 2 500 francs ? s'écrie Alix.

Gwen intervient :

– Une ménagère, c'est un coffret de couverts. Mon arrière-grand-mère en a une à la maison, elle la sort de l'armoire pour les grandes occasions. Elle dit que sa ménagère a échappé aux soldats des blockhaus parce qu'elle l'avait prêtée à sa sœur qui habitait à Rennes.

– Mais ça ne vaut pas si cher, des couverts ! objecte Juliette.

– Si, quand ils sont en argent, répond Gwen.

Un silence admiratif accueille sa remarque. Gwen n'est peut-être pas la plus grande ni la plus âgée, mais il est clair qu'elle aura son mot à dire pour faire avancer l'enquête !

Les quatre têtes se penchent de nouveau sur le papier. Ça compte, ça recompte dans tous les sens et Clémence finit par écrire au bas de la liste : « Valeur totale du trésor en anciens francs : 43 600 francs. » Puis elle pose une division sur la ligne suivante : « 43 600/5,55 = 7 855,85. La valeur du trésor en euros est de 7 855,85 euros. »

Les filles se redressent et se dévisagent, impressionnées.

– Ça fait une jolie somme ! s'exclame Juliette.

À cet instant, un Frisbee atterrit sur les mollets d'Alix.

– Excusez-moi ! Je suis désolé ! s'écrie de loin l'adolescent qui l'a lancé.

Alix se lève, grimace de douleur puis éclate de rire en voyant le regard affolé du joueur.

– C'est une blague ! dit-elle en lui lançant le Frisbee avec adresse.

Mais lorsqu'elle se rallonge à côté des autres, son regard est empreint de gravité.

– Les filles, chuchote-t-elle, ne vous retournez pas, écoutez-moi. Il y a un type installé sur sa serviette à deux mètres de nous, juste derrière toi, Clémence.

– Et alors ? murmure Juliette. Il n'a pas le droit de venir prendre un bain de soleil sur la plage ?

– Tu as vu sa taille ? demande Alix.

Les filles donneraient n'importe quoi pour oser observer le bonhomme. Est-ce un géant, un monstre, un ogre ?

– Je veux dire la taille de la plage, précise aussitôt Alix tout bas.

Reprenant soudain sa voix normale, elle s'exclame :

– Au bain, les filles : on n'est pas là pour rigoler !

Elle se lève, les autres l'imitent. Sous prétexte de s'étirer, Clémence, Juliette et Gwen se retournent l'une après l'autre pour glisser un regard vers l'homme qui tracasse Alix. Il semble dormir, allongé à même le sable. Il est brun, avec le teint pâle du touriste qui commence tout juste ses vacances. Il porte des lunettes de soleil, chose normale en cette belle journée. En somme, rien de bien remarquable ; ses vêtements sont ceux de monsieur Tout-le-Monde, tee-shirt blanc, short beige, et sandales à scratch qu'il n'a pas pris la peine d'enlever.

– Qu'est-ce qui te semble bizarre avec ce type ? demande Clémence à Alix une fois qu'elles se sont assez éloignées.

Sa cousine répond vivement :

– La plage est immense, elle est déserte, et ce bonhomme est venu se fourrer tout contre nous. Derrière nous, en plus : on lui cache la mer ! Ça ne vous étonne pas, vous, un inconnu aussi sociable ? Et puis, vous avez remarqué ? Il n'a pas de serviette, pas de sac de plage, pas de maillot, rien.

– Et alors ?

– Il nous écoutait, affirme Alix. Il a compris qu'on faisait plus que résoudre un problème de maths. Il a compris qu'on parlait d'un vrai trésor. On n'a pas été très prudentes, les filles, on parlait fort.

Gwen met la main sur la bouche et écarquille des yeux penauds.

– C'est ma faute ! J'ai raconté l'histoire de la ménagère et...

– Ça peut aussi être à cause de moi, interrompt Juliette. Là-haut, sur la route, j'ai dit : « C'est excitant, ce trésor à trouver », vous vous rappelez ? J'ai dû attirer son attention.

Clémence hausse les épaules :

– Hé, les amies, arrêtez de vous sentir coupables : dans une équipe, on est toutes solidaires… Il faut juste qu'on fasse attention. Le vent peut avoir des oreilles et les détectives ne s'expriment pas au porte-voix. C'est une bonne mise en garde… même si j'espère qu'Alix se trompe et que ce type collant est là par hasard. Allez, la première dans l'eau a gagné !

Elles prennent leur élan et piquent un sprint sur le sable mouillé. Leur course est freinée par le supplice des premiers centimètres d'eau froide, mais les filles ont le goût du défi, et bientôt quatre silhouettes plongent dans des gerbes d'éclaboussures.

– Brrr ! rit Juliette en émergeant la première. Qu'est-ce qui m'a pris d'accepter une invitation au Groenland ?

– Elle est chau… ooooooh…

Clémence s'est figée en sortant la tête de l'eau, mais ce n'est pas sous l'effet du froid. D'un geste du menton, elle désigne la plage à ses copines. Les regards se fixent sur l'endroit où sont restées les serviettes. À première vue, les trois autres baigneuses ne voient rien d'anormal.

– Qu'est-ce qu'il y a, Clémence ?

– Le type… Il vient de se rallonger à sa place. Mais je jurerais qu'il était en train de ramper près de nos affaires.

– Le papier ! s'exclame Juliette. Il a vu tous les détails de la liste du trésor !

– Pas de panique, les amies, répond Alix en tirant d'un côté de son maillot une feuille pliée en huit. Vous pensez bien que j'ai pris mes précautions en quittant nos affaires ! Bon, notre problème de maths est tout mouillé, mais il suffira de le faire sécher au soleil… loin de ce monsieur trop collant !

Justement, l'inconnu vient de se lever. Il reste quelques instants à regarder la mer, les rochers, le ballet des mouettes au-dessus des joueurs de Frisbee, puis il remonte vers la route, sans se presser, et disparaît derrière le talus.

Les filles sortent de l'eau, rassurées. De plus, la fraîcheur de l'air à la sortie du bain leur fait oublier leur méfiance, et elles courent vers les serviettes, riant et claquant des dents tout à la fois.

Mais Alix, arrivée au but la première, s'exclame :

– Bon, OK, soupçons confirmés.

Une large trace relie dans le sable leur sac de plage à l'endroit où se tenait l'inconnu. La trace de quelqu'un qui a rampé pour aller d'un point à l'autre…

Chapitre 4

Le lendemain, l'enquête n'a pas beaucoup avancé. Les deux familles ont passé le restant du dimanche à visiter la vieille ville de Saint-Malo, ses remparts, ses plages, et ses statues de corsaires dressées face au large, l'épée à la main. Gwen était de la partie.

Les quatre filles avaient décidé de ne rien dire au sujet de l'inconnu de la plage, pour ne pas alarmer les parents, de peur qu'ils ne leur interdisent de mener l'enquête. Sur les chemins de ronde, elles sursautaient et se poussaient discrètement du coude dès qu'elles apercevaient un touriste brun vêtu d'un tee-shirt blanc et d'un short beige. La foule tout entière semblait s'être donné le mot pour endosser cette tenue banale, et les quatre amies ont passé un après-midi plein d'émotions secrètes.

Ce lundi, la recherche du trésor semble condamnée à piétiner encore.

Gwen doit passer la matinée avec Yvon au marché de Saint-Cast, où le vieux monsieur tient un étal de miels en l'absence de son fils Alain. Yvon a juré qu'il pouvait se débrouiller tout seul. Mais ses mains tremblantes disaient tout le contraire, et semblaient menacer à l'avance de laisser tomber quelques pots.

– Non, non, tad-kohz, tu ne te débarrasseras pas de moi comme ça ! a dit Gwen en riant. Quatre heures de marché, c'est long : tu auras bien besoin de compagnie. Je viens !

– Mais, tes amies ?

– Elles survivront sans moi, je crois.

– On essaiera, du moins, répond Clémence en faisant semblant d'essuyer une larme.

Voilà donc Gwen partie. Accroupies dans le bac à sable du jardin, les trois autres amusent les petits, en enfouissant des coquillages qu'ils doivent retrouver. Mais cette chasse au trésor leur en rappelle vite une autre : et si elles commençaient à explorer les plages du cap Fréhel pour gagner un peu de temps ?

Quelques instants plus tard, les trois filles courent sur la route du cap. Il faut faire vite : elles ont promis de rentrer pour le déjeuner. Dans leurs sacs à dos, des gourdes, des barres de céréales, et une cordelette « CPTS », *Ça Peut Toujours Servir,* comme dit Clémence qui raffole des sigles.

– Faites bien attention à l'heure, ont prévenu les deux pères. La marée remonte à 11 heures et ces plages sont inondables. Ne vous laissez pas surprendre.

Le trio atteint la côte, emprunte le chemin de douaniers et bifurque entre les ajoncs pour s'engager sur l'étroit sentier qui descend vers la première plage. Bientôt ce sentier s'efface sur les rochers de la falaise, assez basse à cet endroit-là. Il n'y a plus qu'à descendre. Alix commence à sauter de roche en roche presque sans s'aider des mains. Mais, voyant que Juliette est moins à l'aise, elle l'attend pour guider ses pas, tandis que Clémence lui donne des conseils par-derrière.

– Dur dur, murmure Juliette qui ne perd pas son sourire pour autant. Je comprends pourquoi ces plages sont désertes.

Un dernier bond, et les voici sur la plage vierge de toute trace de pas. Elles enlèvent leurs tennis pour sentir sous leurs pieds la douceur du sable fin. Loin devant elles, les vagues viennent battre le rivage avec un bruit mat.

Clémence émet un sifflement de bonheur.

– Je ne suis jamais allée sous les tropiques, mais cette plage fait penser aux pubs des agences. Un peu moins de palmiers, peut-être...

– Et 20° au lieu de 40°, ajoute Alix, à qui les grosses chaleurs ont toujours paru redoutables, car elle court deux fois moins vite sous la canicule.

– On peut s'allonger cinq minutes ? demande Juliette en lorgnant avec envie le sable blanc.

Clémence et Alix échangent un regard. Peut-être parce qu'elles sont filles d'anciens explorateurs du septième continent, elles se seraient bien passées d'un bain de soleil et auraient voulu commencer tout de suite leurs recherches. Mais Juliette est l'invitée ; et elle a eu assez de mal à descendre les rochers pour qu'on lui offre ce plaisir.

– Séance bronzage accordée pour cinq minutes et trente secondes, annonce Clémence de bonne grâce. Tu as raison, il faut prendre des forces avant de passer aux choses sérieuses ! Ensuite on examinera tous les recoins des rochers sur cette plage, et aussi sur les suivantes : il suffit de grimper l'amas de rochers, là-bas, pour passer sur celle d'à-côté, ce n'est pas très difficile.

Un peu plus tard, trois silhouettes longent les rochers, passent d'une grotte à l'autre, d'une plage à la suivante. Les filles examinent les moindres recoins de falaises. Elles glissent les mains partout, jusqu'au fond des mares sombres où nagent des algues vertes et des familles d'anémones.

Mais rien.

– Il y a plein d'empreintes d'oiseaux sur le sable, fait remarquer Juliette. Comment savoir si notre mouette est venue par ici ?

– Laisse tomber, répond Clémence. Les traces d'avant-hier ont de toute façon été balayées par les marées. On ne peut pas compter sur un indice de ce genre.

– Zut, s'exclame Alix. J'ai oublié ma polaire sur la plage d'avant.

– Va la chercher, on t'attend !

Alix fait un aller-retour éclair et ne tarde pas à revenir, sa polaire à la main. Elle a un air perplexe.

– On n'est plus toutes seules sur ces plages, dit-elle à Clémence et à Juliette. Il y avait des empreintes de chien pas loin de ma polaire. C'est curieux, j'ai regardé partout, je n'ai pas vu le chien en question. Ses traces longent pourtant les nôtres.

– Et les empreintes du maître ? demande Juliette sans pouvoir s'empêcher de frissonner.

– Tu penses à des semelles de sandales à scratch ? fait Alix. L'idée m'est venue aussi, mais il n'y a pas d'autres traces que les nôtres. C'est un chien tout seul. Je me demande bien où il est !

À l'instant même, des jappements inquiets se font entendre en haut de la pointe qui sépare les deux plages. Les filles mettent quelques secondes à localiser le chien, car son pelage brun se confond avec les rochers ; seul son ventre blanc n'est pas en tenue de camouflage.

– Le voilà ! s'écrie Clémence.

– Tu as toujours aussi peur des chiens ? demande Alix à sa cousine. Je me souviens d'un été où je t'ai vue courir devant un caniche comme si c'était un tigre du Bengale.

– Oh non, répond Clémence d'une voix ferme, en tâchant de calmer les battements de son cœur. J'ai onze ans maintenant ! Je ne dis pas que j'en demanderai un pour Noël prochain, mais je me soigne.

– Tant mieux, fait Juliette, parce que je crois bien qu'il vient vers nous. Ne t'inquiète pas, je vais lui parler. J'adore les animaux, tu sais bien.

En effet, après s'être laissé dégringoler du haut des rochers, le chien se rapproche des trois filles. Il a un comportement bizarre, à la fois inquiet, excité et plaintif.

– Il est peut-être perdu, suggère Alix.

– Quelle race, à votre avis ? demande Clémence pour paraître désinvolte. Mais ce chien trapu et court sur pattes ne lui dit rien qui vaille. Elle lui trouve une tête peu photogénique, pour ne pas dire franchement laide.

À l'instant où Juliette s'agenouille sur le sable pour se mettre à la hauteur de l'animal, des piaillements aigus éclatent juste au-dessus.

– La mouette ! s'écrie Clémence.

– Enfin, disons que c'est une mouette parmi dix mille autres, répond Alix avec un sourire.

– C'est la nôtre, j'en suis sûre ! reprend Clémence.

L'attitude de l'oiseau lui donne forcément raison. La mouette crie frénétiquement en tournoyant au-dessus des trois filles et du chien, comme si elle voulait leur faire comprendre un message.

– On voudrait la traduction ! s'écrie Clémence. Où est-ce que tu l'as trouvée, cette chaîne ? Où ?

La mouette se pose alors en haut de la falaise tout en continuant de piailler.

– Là-haut, le trésor est là-haut ! souffle Juliette d'une voix altérée par l'émotion.

Alix a déjà attaqué la montée. Le rocher n'est pas vertical et offre de nombreuses prises. Elle s'élève en souplesse et presque sans effort ; au rythme où elle va, elle a vite fait de rejoindre l'oiseau. Elle se retourne pour vérifier que Clémence et Juliette la suivent, et pousse une exclamation stupéfaite.

– Oh non, la mer est montée !

Les deux autres se retournent. Elles ont déjà pris assez de hauteur pour constater à leur tour que les issues des plages sont bloquées par la marée. Si elles avaient continué leur exploration en passant sur la plage suivante, elles se seraient trouvées piégées par la montée des eaux, sous une falaise bien plus abrupte. La mouette leur a épargné cette situation délicate. C'était, semble-t-il, le seul but de ses cris perçants, car elle se passe maintenant le bec dans les plumes d'un air satisfait.

– Merci, l'oiseau, murmure Alix en tirant de sa poche les miettes de sa barre de céréales. Elle les éparpille sur le rocher devant la mouette, qui les picore aussitôt avec gourmandise.

Au moment où Clémence et Juliette atteignent à leur tour le sommet de la falaise, des aboiements éclatent en contrebas.

– Le chien ! On l'avait oublié, celui-là ! s'exclame Juliette.

Clémence n'ose pas avouer qu'elle ne l'avait pas vraiment oublié. Lorsqu'elle a vu que le chien renonçait à les suivre dans cette escalade trop raide pour lui, elle en a été plutôt soulagée. Mais maintenant qu'il est en danger de noyade, elle s'en veut, et tire aussitôt de son sac sa cordelette « CPTS ».

– Ne bougez pas, les filles, dit Alix, c'est moi qui redescends.

La corde sous le bras, Alix se laisse glisser de roche en roche. Le chien aboie de plus belle. Il ne quitte Alix des yeux que pour regarder, apeuré, les vagues qui se lancent à l'assaut de la plage.

– Il avait perçu le danger, lui, dit Juliette à Clémence. C'est pour ça qu'il avait un comportement bizarre.

Enfin, Alix arrive sur le sable. Le chien s'est tu ; elle lui caresse la tête pour le rassurer, et lui explique qu'elle va le hisser vers le haut de la falaise grâce à la cordelette. Le chien allonge ses pattes de devant sur le sable et incline la tête, comme pour dire qu'il accepte le plan d'évasion.

C'est le début d'une ascension laborieuse : quoique petit, le chien est lourd et Alix doit prendre soin de prendre appui sur un rocher stable avant de hisser son fardeau à sa suite. Clémence et Juliette lui crient des encouragements, et la mouette hoche la tête à plusieurs reprises, comme pour applaudir le sauvetage.

– Quand je serai grande je serai pompière, dit Alix en atteignant enfin le haut de la falaise. Les deux autres l'aident à tirer une dernière fois sur la corde, et le chien surgit à leur niveau. Juliette le détache dans un déluge de paroles rassurantes. L'animal tremble de tous ses membres, à tel point que Clémence elle-même lui passe une main amicale entre les oreilles. La mouette, en revanche, décolle prudemment et s'éloigne en vol plané dans la direction du chemin des fous où l'attend sa couvée. Les filles n'ont que le temps d'agiter les mains dans un dernier salut.

La mer, en bas, a presque fini de recouvrir les plages ; il ne reste qu'une étroite bande de sable labourée par les empreintes des trois filles et du chien, qui vont être léchées par les vagues d'une minute à l'autre.

C'est alors qu'une voiture de gendarmes s'arrête sur la route déserte qui longe la falaise, à dix mètres de l'endroit où se trouvent les rescapés. Deux agents en sortent et s'approchent des filles.

– Mesdemoiselles, où sont vos parents ? Il est interdit de se promener avec un pitbull en liberté. Votre chien peut être dangereux.

– Quoi, c'est un pitbull ? s'exclame Clémence en ôtant prestement sa main du pelage.

– À vrai dire, ce n'est pas notre chien, explique Alix. Nous l'avons juste aidé à remonter de la plage.

– Où est son maître ? demande l'un des gendarmes.

– Aucune idée.

À l'instant même, un sifflement retentit au loin, par-derrière un escarpement. Les oreilles du pitbull se dressent, et le chien démarre comme une flèche, filant ventre à terre à travers les ajoncs sans paraître incommodé par les piquants. Il disparaît bientôt à la vue des trois amies et des gendarmes.

– C'est trop fort, s'exclame Clémence. Le propriétaire, on lui sauve son chien et il ne se montre même pas !

– Il aura eu peur de nous, déclare l'un des gendarmes. Il n'a pas le droit de laisser son chien errer tout seul, et il le sait très bien. Tu viens, brigadier ? On va essayer de le cueillir un peu plus loin sur la route.

Restées seules, les filles mettent le cap sur le village de Plévenon.

– Ce maître qui se cache… fait Alix songeuse.

Tout le long du chemin, contrairement à leur habitude, les filles marchent en silence, absorbées dans leurs pensées. À un moment donné, Clémence se borne à remarquer avec un sourire :

– Il faudra dire à nos pères qu'ils se sont trompés, pour les horaires des marées. Heureusement qu'on a eu notre mouette pour ouvrir l'œil.

Lorsqu'elles arrivent en vue du gîte, le clocher de l'église sonne 1 heure. Elles aperçoivent Gwen assise sur la barrière du portail, en train de guetter la route. Elle balance ses jambes avec une impatience contenue. Sitôt qu'elle voit arriver ses amies, elle se laisse tomber au sol et se précipite vers elles :

– J'ai du nouveau ! s'écrie-t-elle.

– À table ! claironne la voix d'une maman.

Gwen fait un petit geste d'impuissance assorti d'un sourire désolé. Au fond d'elle-même, elle n'est pas mécontente de laisser les trois « grandes » griller d'impatience pendant tout un repas... C'est si bon de tenir un scoop !

– Rendez-vous sous l'araucaria après le dessert, dit-elle en courant vers la maison d'Yvon et Marie.

Chapitre 5

L'araucaria est un arbre aux branches acérées comme des pointes de poignard. Yvon les a taillées assez haut pour que les quatre filles tiennent à l'aise dessous ; là, elles se sentent à l'abri de toutes les oreilles indiscrètes. Les parents prennent le café, les plus petits font la sieste. Quant à Guillaume, l'arbre cruel lui a déjà crevé un ballon : depuis, il évite soigneusement de jouer trop près.

Les filles à peine installées, trois voix s'exclament en chœur :

– Alors, Gwen ?

– Au marché, notre voisin était un ancien pêcheur qui connaît bien mon arrière-grand-père. Maintenant, il ne pêche plus, il vend des vareuses et des pulls marins. Comme il n'y avait pas encore beaucoup de monde, ils ont bavardé tous les deux. Mon arrière-grand-père n'a pas pu s'empêcher de lui parler de notre affaire.

– Aïe ! fait Clémence d'un ton contrarié. Si tout le monde est mis au courant, on va finir par enquêter en direct pour la télé. Mais on ne sera peut-être plus toutes seules !

– Attends, plaide Gwenaëlle. Tu vas voir, c'est plutôt bien que ce monsieur ait été mis dans le secret. Il m'a regardée avec attention, et puis il a regardé tout autour. Le marché commençait à se remplir. Il m'a dit comme ça : « Écoute, petite, j'ai des choses à dire sur cette histoire qui pourraient bien vous intéresser. Mais aujourd'hui je dois remballer tôt. Reviens me voir mercredi à Matignon, j'aurai du temps pour te causer à la fin du marché, quand il n'y aura plus personne. » Je lui ai demandé si je pouvais venir avec vous trois. Il m'a dit bien sûr.

– Mercredi, c'est après-demain, constate Juliette avec l'amertume de celle qui ne peut pas faire passer le temps plus vite.

– Et vous, les filles, vous étiez où ce matin ? demande Gwen à son tour.

Ses amies lui racontent l'exploration des plages, l'étrange rencontre du pitbull sans maître, et les retrouvailles avec la mouette qui les a sauvées de la marée montante.

– Vous n'êtes pas raisonnables d'être allées sur ces plages sans moi, remarque Gwen avec une pointe de dépit dans la voix. Je connais toutes les issues pour sortir quand la mer monte.

Alix met la main sur l'épaule de la Bretonne :

– Excuse-nous, on a juste voulu gagner un peu de temps : il n'était pas question de trouver le trésor sans toi. D'ailleurs, tu es tombée sur un indice bien plus important. Heureusement que tu es là, Gwen !

Les deux autres hochent la tête.

– Vivement mercredi ! ajoute Clémence.

– Gwenaëlle ? Où es-tu, ma chérie ?

Sur le seuil de sa maison, Marie a mis ses mains en porte-voix.

– Ici, mamm-gozh, répond Gwen en sortant à quatre pattes de sous l'arbre piquant.

Marie s'avance en souriant.

– Voyez ces aventurières ! On leur met des hamacs et des transats dans le jardin, et elles préfèrent jouer les fakirs...

Je vais remplacer mes chaises longues par une banquette de cactus !

Puis elle ajoute :

– Ton grand-oncle Roland est là pour le café. Il propose de vous emmener toutes les quatre faire un tour sous les falaises du cap avec son bateau de pêche cet après-midi. Si vos parents sont d'accord, mesdemoiselles, bien sûr. Vous pouvez leur dire que, par ce temps calme, les courants ne sont pas forts.

Clémence et Alix bondissent vers la maison pour aller demander l'autorisation.

– Elles ont bien de la chance, nos filles, s'exclame le père de Clémence. Tu te rappelles, Jean, comme on a rêvé de naviguer sous le cap ?

– Ah ça, répond le père d'Alix avec un sourire. On a trop fantasmé sur cette exploration pour vous la refuser quand l'occasion se présente. Allez-y.

Une demi-heure plus tard, les gilets de sauvetage enfilés par-dessus des cirés trop grands font de jolies taches de couleur sur un petit chalutier gris. L'oncle Roland, qui est le plus jeune fils d'Yvon et Marie, a été mis dans la confidence des recherches. La marée descendante est propice à la navigation et le pêcheur s'approche tout près des immenses falaises pour faire plaisir aux filles.

– Il y a des grottes partout ici ! s'exclame Clémence.

– Oui, mais vous pensez bien qu'on les a déjà toutes fouillées pendant les marées d'équinoxe, où la mer descend au plus bas. Il n'y a pas plus d'argenterie là-dedans que sur ce bateau.

– Est-ce qu'il y a des endroits qui ont été moins explorés que d'autres ? demande Clémence.

L'oncle Roland hésite à décevoir les filles, mais il finit par dire :

– Honnêtement, je ne crois pas. Même le rocher aux mouettes, on l'a passé au peigne fin, alors qu'on supposait bien que les voleurs n'avaient pas pu aller y déposer leur butin.

– Et le chemin des fous, vous l'avez exploré aussi ?

– Bien sûr. Regardez, on est en train de passer en dessous. Il n'y a pas de grottes là-haut. Juste cette cassure dans la falaise, qui rend le chemin si dangereux à cet endroit. Mais on a cherché partout.

Les filles se regardent, l'air découragé. Pour dissiper l'ombre de l'échec qui s'étend déjà sur l'aventure, Clémence fait remarquer :

– La mouette a retrouvé cette chaîne en or. C'est donc que certaines zones ont échappé aux recherches !

– Tu as raison, ma grande, répond Roland en hochant la tête. Mais elles doivent être sacrément inaccessibles, ces zones-là…

Pendant quelques minutes, on n'entend plus que les embardées du moteur et le clapotis des vagues contre la coque du chalutier.

– Attention, ça va secouer un peu, prévient Roland au moment où le bateau double la pointe du cap en passant au large du rocher aux mouettes.

De l'autre côté, le vent souffle et la mer s'agite. L'eau vert émeraude bouillonne et tourbillonne ; des vagues prennent d'assaut les falaises où elles éclatent avec des gerbes d'écume. Le bateau commence à tanguer, pris dans des remous. Les passagères regardent Roland avec inquiétude.

– N'ayez pas peur, dit le pêcheur en souriant. Aujourd'hui, c'est vraiment tranquille. On ne peut même pas dire que ça chahute. La seule chose qui puisse arriver, c'est que vos estomacs fassent naufrage si vous avez trop bien mangé à midi… Dans ce cas, penchez-vous par-dessus le bastingage.

Juliette ne tarde pas à se sentir gagnée par le mal de mer. Elle ferme les yeux un instant, rêvant à ses montagnes des Alpes où le paysage a la délicatesse de rester toujours immobile. Lorsqu'elle les rouvre, elle préfère fixer son regard sur le chemin de douaniers, au sommet des falaises. Ce sentier confortable s'étire jusqu'au Fort-la-Latte qu'on aperçoit dressé au loin, sur son éperon rocheux. Juliette observe avec envie les promeneurs qui arpentent le chemin, campés sur leurs jambes au lieu d'être ballottés sur cette mer trop mouvante.

– Oh ! s'exclame-t-elle soudain, tellement surprise qu'elle en oublie son mal de mer.

– Quoi ?

– Regardez là-haut ! dit Juliette en désignant un point du chemin. Ce chien... zut, il a disparu derrière une barrière de buissons. Je jurerais que c'est le pitbull de ce matin.

Les quatre filles, agrippées au bastingage, scrutent le taillis avec impatience. Enfin un chien émerge sur la gauche. Il est tenu en laisse, et tire de toutes ses forces pour aller plus vite.

– Tu crois que c'est lui ? demande Clémence.

– Oui, répond Juliette en plissant les yeux pour aiguiser son regard. J'en suis presque sûre. Je suis assez physionomiste pour les animaux.

Alix, tendue, marmonne entre ses dents :

– Je suis bien curieuse de savoir qui se trouve à l'autre bout de la laisse.

Presque aussitôt, le propriétaire du chien sort à son tour de derrière la haie.

– Oh, l'inconnu de la plage, murmure Clémence.

– Non, son tee-shirt est noir, répond Juliette par réflexe.

Sa copine la regarde d'un air amusé :

– Et ton tee-shirt à toi, il n'était pas mauve avant-hier ? Même les gens louches changent de linge de temps en temps !

– D'ici, on ne peut pas en avoir le cœur net, il est trop loin, dit Alix. Il est brun, c'est sûr, mais de là à affirmer que c'est lui… Dommage qu'on n'ait pas de jumelles.

– Il en a, lui, rétorque Clémence. Faites semblant de regarder ailleurs, les filles !

Clémence a raison. Le promeneur s'est immobilisé, stoppant la course de son chien. Il porte à ses yeux une paire de jumelles…

– C'est nous qu'il observe, dit Alix en se baissant l'air de rien, comme pour renouer son lacet.

– Tu crois ? demande Juliette, qui n'ose même plus lever les yeux vers le chemin des douaniers.

Clémence a attrapé l'*Annuaire des marées* qui traînait à côté d'elle sur un casier à tourteaux ; elle fait semblant d'être plongée dans une lecture palpitante. Mais, par-dessus ses lunettes de soleil, elle coule des regards vers le sommet de la falaise.

– Pas d'erreur, oui, il est concentré sur nos gilets de sauvetage.

– De quoi parlez-vous ? demande l'oncle Roland, intrigué par ces conciliabules que le ronronnement du moteur l'empêche d'entendre.

– Oh, des secrets de filles, répond Gwenaëlle avec un clin d'œil malicieux.

– Ah, ces dames, soupire Roland avec un sourire bienveillant.

Clémence a reposé l'*Annuaire des marées*. Elle est maintenant absorbée dans la contemplation de la falaise, très à droite de l'endroit où se tient l'inconnu. Soudain elle saute sur ses pieds et tend frénétiquement un doigt vers un point qui se trouve à mi-hauteur des rochers. Les yeux exorbités, elle articule :

– Là ! Là ! Vous ne voyez pas ? Le trésor est accroché là !

Ses trois compagnes font un bond vers le bastingage. Leurs regards fouillent la paroi avec attention.

– Où ? Mais où ? s'écrie Alix. Je ne vois rien !

– C'est normal, répond Clémence tout bas. Désolée pour la fausse joie : il n'y a rien. Je veux seulement que monsieur Indiscret croie qu'il y a quelque chose ! Et ça a l'air de marcher, parce qu'il braque ses jumelles dans la direction que je montre. Seulement, hé hé ! De là où il est, il ne peut rien voir...

Juliette a compris la première. Elle entre dans le jeu :

– Ah oui, là, là ! s'exclame-t-elle avec un geste théâtral.

À leur tour, Alix et Gwen simulent la découverte du siècle et tombent dans les bras l'une de l'autre.

– Ah, ces filles ! répète l'oncle Roland d'un air amusé. Allez, demi-tour vers le port : l'air du large vous a rendues toutes pompettes, je ne sais pas dans quel état je vais vous rendre à vos parents !

Les quatre filles entament une ronde de la victoire. Cela leur permet, chacune à son tour, de regarder dans la direction de monsieur Indiscret. Celui-ci a fait demi-tour. Un instant dissimulé par les buissons, il réapparaît de l'autre côté. Cette fois, dans sa hâte, c'est lui qui tire sur la laisse de son pitbull.

– J'espère qu'il va passer quelque temps à fouiller la falaise pour rien, dit Clémence hors d'haleine en rompant la ronde.

– Et qu'il va tomber dans le vide ! renchérit Gwen.

– Quand même pas, dit Alix. On ne peut pas souhaiter la mort d'un homme. Ni même de son chien, n'est-ce pas Clémence ? taquine-t-elle sa cousine en la poussant du coude.

– C'est vrai, dit Clémence très sérieusement. Puis elle ajoute :

– Puisqu'on croise ce bonhomme assez souvent sur la côte, autant lui donner un nom… J'en ai trouvé un.

– Monsieur Indiscret ?

– Non, un qui lui va mieux : ce sera « Patibul », parce que quelqu'un de « patibulaire » inspire la méfiance. « Patibul » et son pitbull. Ça va très bien ensemble ! Reste à savoir d'où il vient, qui il est, et puis encore…

Clémence s'interrompt.

– Et puis encore quoi ? demande Juliette.

Clémence rajuste sa casquette pour bloquer des mèches folles dans le vent.

– Ben… trouver le trésor, conclut-elle sobrement.

Chapitre 6

– Waouh, ils sont plus vrais que nature !

Sur le carnet de dessin qu'elle tend aux deux cousines, Juliette a crayonné Patibul et son pitbull, en donnant au chien un regard plus humain qu'à son maître. L'humour de ce croquis fait rire Clémence et Alix qui en oublient les cauchemars de la nuit ; car, bien sûr, Patibul a hanté leurs rêves. Une barrette entre les dents, Clémence termine sa natte en articulant :

– Je vais finir par m'attacher à ce chien avec un portrait aussi flatteur. Pour le maître, c'est moins sûr !

La voix de sa mère monte par la fenêtre ouverte :

– Bonjour, Gwenaëlle ! Tu as bien dormi ? Les filles n'ont pas encore montré le bout de leur nez.

– Voilà, voilà ! crie Alix en se penchant au-dehors. On arrive !

Elles dévalent les escaliers quatre à quatre pour rejoindre leur amie dans le jardin.

– Salut, Gwen ! Tes grands-parents sont arrivés ?

– Oui, tard hier soir. Je les ai attendus, j'étais trop excitée pour aller me coucher ! Papy en a fait une tête quand je lui ai montré la chaîne en lui racontant toute l'histoire. Il propose...

Gwen se tourne vers la mère de Clémence qui finit d'étendre du linge au soleil, et poursuit :

– Il propose, si vous voulez bien, madame, de nous emmener découvrir les blockhaus de la lande. Il peut prendre la clé du blockhaus Anton à la mairie ; c'est le plus grand, celui qui a deux étages.

Le regard des trois filles s'illumine.

– Allez-y, bien sûr, on sera à la plage avec les petits ce matin, répond dans un sourire la maman de Clémence. Vous nous rejoignez pour l'après-midi ? Les papas nous emmènent à la pêche au lançon dans la baie de la Fresnaye.

– Pas de problème ! s'exclame Clémence. Merci, maman ! Mmmh ! La vie est belle.

Dans son enthousiasme, elle fourre le nez contre une taie d'oreiller parfumée de lessive qui claque au vent comme un étendard. Et court rejoindre les trois autres, qui se sont déjà engouffrées chez Yvon et Marie.

– Et votre petit déjeuner ? crie la maman.

– On le prendra ce soir ! répond Clémence en agitant la main.

Voici la lande, étendue sauvage et déserte à perte de vue. On aperçoit au loin le bleu de la mer, enrobé d'une brume de beau temps.

– J'aurais dû vous dire de vous mettre en pantalon, s'exclame le grand-père de Gwen en quittant le chemin pour s'engager à travers les ajoncs. Ça va piquer... vous allez supporter ?

– Bien sûr, répond Alix. On n'est pas douillettes, hein les filles ?

– Pas du tout, clament les trois autres.

Cinq minutes plus tard, Clémence est bien obligée de s'avouer tout bas qu'elle a encore quelques progrès à faire avant d'obtenir son diplôme de fakir et qu'elle n'est pas aussi insensible qu'elle le voudrait aux piqûres des ajoncs. Juliette aussi :

– J'ai les jambes qui hurlent, murmure-t-elle avec humour.

Alix saute de roche en roche, et Gwen se faufile entre les buissons du mieux qu'elle peut. Mais quelle que soit la tactique adoptée, les mollets se couvrent vite d'égratignures.

– Je me demande pourquoi les soldats d'Hitler s'étaient donné le mal de planter des pieux partout, fait remarquer Clémence. La lande a déjà de bonnes défenses naturelles !

Enfin, le petit groupe atteint le blockhaus Anton, première étape de la matinée. La végétation assiège ses murs en béton et son toit bombé, mais la serrure de la porte toute rouillée est encore accessible, dans laquelle le grand-père de Gwen enfonce une vieille clé étiquetée par la mairie.

– Ils sont gentils de nous prêter la clé, dit Alix.

– Je fais partie d'une association qui fait visiter ces monuments de temps en temps, explique Alain. Les blockhaus sont moins beaux que le Fort-la-Latte, bien sûr, sourit-il mais ils ont un intérêt historique.

Dans un grincement strident, la porte s'ouvre sur un obscur sas de béton, derrière lequel on devine d'autres salles. Le grand-père de Gwen sort de son sac à dos des lampes frontales qu'il tend aux filles. Ravies, les quatre visiteuses pénètrent dans la première salle.

– Il n'y a plus rien ici, à part quelques tags et des gravats, dit Alain, dont la voix résonne à travers la pièce vide. Le blockhaus Anton était le poste de commandement de la garnison. C'est dans cette salle que les défenseurs de la place surveillaient les avions dans un rayon de trois cents kilomètres, grâce à des radars très puissants pour l'époque.

Tout en l'écoutant, les filles s'éparpillent à travers les autres salles, précédées par les rayons de leurs lampes, qui balaient les sols et les murs.

– Attendez-moi avant de descendre au sous-sol, recommande Alain. L'escalier est très étroit et glissant à cause de l'humidité.

– Vous connaissez ce blockhaus par cœur ? demande Clémence.

– Mieux qu'une taupe son terrier ! Avec mes frères et les autres garçons du village, on l'a fouillé centimètre par centimètre pour chercher ce fameux trésor.

Clémence hoche la tête en silence. Alix demande :

– Il y a combien d'autres blockhaus par ici ?

– Deux, plus près du phare, et onze abris de différentes tailles pour canons et mitrailleuses, sans compter une citerne qui assurait les provisions en eau. Tous ces abris bétonnés étaient reliés par des tranchées qui couraient à travers la lande. L'ensemble est immense et, bien sûr, on ne pourra jamais être certains d'avoir cherché partout. Le trésor peut être enfoui à trois mètres sous terre, n'importe où sur cette lande...

Vent de découragement, silence morose. Les filles tâtent leurs jambes griffées par les ajoncs et songent qu'elles n'iront pas retourner la lande, même pour 8 000 euros. Mais Clémence reprend d'une voix déterminée :

– La mouette n'a pas pu aller creuser à trois mètres sous terre. Le trésor était à portée de son bec. On peut... Non, on va le retrouver !

Mue par l'espoir, Alix commence à frapper de l'index le mur de béton devant elle.

– Ne vous fatiguez pas, dit le grand-père avec un petit sourire navré, comme pour s'excuser de chasser de belles illusions. Nous avons déjà tapé partout sur ces murs. À aucun endroit on n'a entendu un son creux. Il n'y a ni trappe, ni couloir secret ici. Juste des salles rectangulaires désaffectées.

Les filles ressortent au grand air à la suite d'Alain. Elles ne sont pas mécontentes de retrouver la caresse du soleil après l'humidité poisseuse du souterrain.

– Vous voulez quand même poursuivre la visite ? demande le grand-père.

– Bien sûr, s'exclame Clémence. Vous pourriez nous montrer l'emplacement des tranchées ?

– Impossible : elles sont complètement recouvertes par la végétation, on ne les distingue plus du reste de la lande. Mais je peux vous emmener voir un abri à mitrailleuse qui est tout près d'ici.

– Merci !

Trois cents mètres plus loin, le petit groupe arrive devant un simple rond de béton visible à même le sol. Son ouverture circulaire a été murée avec du ciment.

– Évidemment, il n'y a pas grand-chose à voir, explique Alain. Tous ces trous ont été colmatés pour éviter les mauvaises chutes. Cela vous permet du moins d'imaginer à quoi ressemblaient ces abris pour armes lourdes.

– Avant d'être murés, ils ont tous été explorés ?

– Tous. Mais ce n'étaient que des cuves de béton toutes bêtes, sans aucune cachette, aucun recoin.

À cet instant, un gémissement d'animal se fait entendre par-derrière, à une certaine distance. Clémence fait volte-face dans la direction d'où provient ce bruit.

– Il y a des animaux qui vivent dans ces ajoncs ? demande-t-elle.

– Oh oui, répond le grand-père de Gwen. Des lapins, des petits rongeurs qui réussissent à se faufiler entre les buissons sans y laisser trop de poils. Sous ces barbelés naturels, ils ne craignent pas les attaques des rapaces.

– Les lapins ne gémissent pas, observe Juliette en scrutant le vert uniforme des ajoncs.

Les filles entendent alors quelques craquements d'ajoncs piétinés. Elles aperçoivent le bout d'une queue brune qui apparaît trois secondes avant de plonger entre deux buissons. La végétation s'agite en direction du sentier. Puis plus rien. Le passager clandestin qui s'est frayé un passage sous les ajoncs a disparu.

– C'était encore notre ami le chien, murmure Alix.

– Tu crois ? demande Gwen. Pourquoi est-ce qu'il aurait gémi comme ça ?

– Cours un cent mètres à quatre pattes dans les ajoncs et tu verras si tu ne gémis pas, dit Clémence.

Sa boutade fait rire Alix malgré la gravité de la situation.

– De quel chien parlez-vous ? demande Alain.

– Oh, répond Alix évasive, d'un chien qu'on croise parfois ces jours-ci : c'est amusant, chaque fois on le rencontre par hasard.

Les filles s'empressent de changer de sujet mais, une fois de plus, elles se sentent suivies de près. Elles jureraient que Patibul a envoyé son chien en reconnaissance sans oser s'approcher lui-même.

L'après-midi venu, les quatre amies laissent tomber leurs soucis dans la vase. La pêche au lançon est une activité si drôle qu'elle leur fait oublier toutes leurs inquiétudes. Les deux papas marchent devant tout le monde en traçant chacun un sillon dans la vase avec un râteau. Les lançons enfouis sous le sable sortent du sillon comme des éclairs d'argent, et il faut vite les attraper avant qu'ils ne s'enterrent de nouveau. Clémence et Alix excellent à ce jeu d'adresse, Gwen rit trop pour être efficace. Juliette a pris Laure et Guillaume sous son aile pour guider leurs petites mains à la recherche des poissons, qui glissent entre les doigts.

– Jolie pêche ! conclut la mère de Clémence quand le soleil commence à décliner. On aura de quoi se faire un bon petit plat !

C'est Juliette qui porte en bandoulière le panier des quatre filles. Alix se penche dessus.

– C'est tout ce qu'on a pris ? s'exclame-t-elle. Au fond du panier s'agite une dizaine de lançons qui n'ont pas l'air de vouloir finir dans une poêle à frire.

– Je, heu... les autres ont sauté par terre, commence Juliette. Mais son honnêteté la rattrape, et elle reprend :

– Enfin, disons que je les ai aidés. Ils me suppliaient avec leurs yeux ronds. Je vous promets que je n'ai pas pu refuser !

Devant l'air penaud de leur amie, Clémence et Alix éclatent de rire, et la première hoche la tête :

– Ce qui serait cruel, ce serait de séparer les familles. Allez, ouste, tout le monde dehors, allez rejoindre votre tribu !

Et, joignant le geste à la parole, elle renverse le panier. Les lançons s'enfouissent avec délices dans la vase odorante.

– C'est malin, dit le père de Clémence en souriant. On va finir par mourir de faim avec cette bande d'écolos dans la famille ! Que va-t-on manger ce soir ?

– Des pavés de poisson pané, répond la mère d'Alix. Eux au moins, aucun risque que nos filles les remettent à l'eau !

En arrivant dans le jardin, tout en se frottant les pieds sur l'herbe pour en enlever la vase, Gwen dit à ses amies :

– Rendez-vous demain matin à 7 heures pour le départ au marché de Matignon.

Elles se regardent toutes les quatre, très excitées. Les affaires reprennent, et elles ont vraiment hâte d'entendre les révélations promises par le vieux pêcheur.

Chapitre 7

Le clocher du petit village de Matignon sonne 8 heures quand la camionnette conduite par le grand-père de Gwen se gare sur la place du marché. Les quatre filles en jaillissent aussitôt, pressées d'apercevoir le pêcheur qui leur a donné rendez-vous. Mais il n'est pas encore arrivé, et les petites détectives, pour tromper leur impatience, aident le grand-père à décharger ses caisses de pots de miel. La cargaison est fragile, leurs gestes doivent être extrêmement délicats ; c'est un bon exercice pour lutter contre la fébrilité qui les envahit peu à peu...

– Le voilà, dit soudain Gwen, quand tous les pots sont installés sur la table.

Les filles s'envolent comme des moineaux. Le grand-père sourit :

– Qui va m'aider à tenir la caisse ?

L'emplacement attribué au marchand de pulls marins se trouve à une cinquantaine de mètres de l'étal de miel. Sur le chemin, les quatre filles s'arrêtent devant un vendeur de colliers de coquillages et une exposition d'aquarelles. Elles ont décidé d'être prudentes : un pitbull matinal pourrait se trouver « par hasard » à Matignon !

Enfin elles arrivent, l'air de rien, devant les vêtements marins.

– Bonjour, monsieur, dit Gwen. Cette vareuse, vous l'avez en 10 ans ?

Un clin d'œil. Quelques essayages de marinières, pour faire comme si. Mais d'autres clients plus sérieux se présentent, et il n'y a pas moyen d'échanger un mot.

– Venez me voir à la fin du marché, marmonne le vendeur dans sa barbe de loup de mer.

Midi et demi. Le grand-père de Gwen replie son étal, satisfait, car les affaires ont été bonnes. Sitôt la marchandise remballée, les filles retournent vers la camionnette où le marchand de pulls range ses invendus.

– Ah, les détectives, fait-il avec un sourire. Asseyez-vous sur ces caisses, là.

Alix balaie les environs du regard. À part les derniers commerçants qui nettoient leurs emplacements, le marché est vide ; il n'y a pas l'ombre d'un Patibul ni la moindre oreille de chien. Les filles s'installent, rassurées.

– Alors voilà… Pendant la guerre, j'étais trop jeune pour aider mon père sur son bateau de pêche, commence le vieil homme. Du coup, il avait embauché comme assistant un gars qui s'appelait Émile. On ne savait pas d'où il venait ; une chose est sûre, il n'était pas de la région. Mais il se montrait efficace à la pêche. Il fallait le voir remonter les filets !

Les filles hochent la tête d'un air poli tout en espérant très fort que le vieil homme va entrer dans le vif du sujet. Heureusement, il reprend aussitôt :

– Quand on a perdu la guerre et que la garnison nazie s'est installée au cap Fréhel, on a vite soupçonné Émile de travailler pour les occupants. Il allait leur livrer du poisson, ça, passe encore ; mais il avait l'air plutôt copain avec eux. Moi, petit, j'étais assez bavard ; et mon père m'avait demandé de ne plus rien dire devant Émile, parce qu'il avait un air de traître…

– C'était peut-être le grand-père de Patibul, chuchote Clémence à Juliette assise à côté d'elle.

– Qu'est-ce que tu dis, jeune fille ?

– Oh, non, rien, désolée.

– J'ai oublié de vous dire, reprend le vieux pêcheur, que je ne suis pas de Plévenon mais d'Erquy, un peu plus loin sur la côte. Ça n'empêche qu'on connaissait bien les gens de Plévenon. L'histoire des objets volés, on en parlait entre nous aux veillées. À la fin de la guerre, on a posé des questions à Émile. Ma mère disait : « Je mettrais ma main au feu qu'il sait où est caché le butin. » Alors, un jour, mon père lui a demandé carrément : « Dis, Émile, tu saurais pas où les Boches – les « Boches », c'est comme ça qu'on appelait les occupants –, tu saurais pas où les Boches ont caché ce qu'ils avaient volé ? »

Gwen et Juliette sont tellement absorbées par le récit qu'elles font « non » de la tête. Cela fait pouffer de rire les deux cousines.

– Émile a rigolé, reprend le vieux pêcheur. Il a dit : « Les Boches ? Ils ont pris la tangente. » Et puis il s'est mis à réparer un filet qui avait cassé, et mon père n'a rien pu tirer de plus.

Les quatre filles écarquillent les yeux.

– Qu'est-ce que ça veut dire, « prendre la tangente » ? demande Alix.

– Ça veut dire s'enfuir, répond le vieux pêcheur.

– Et les soldats du cap Fréhel se sont enfuis, non ?

– Oui.

– Alors ?

– Alors... Rien. C'est tout. Mais on a toujours trouvé son attitude très louche.

Les détectives se regardent, perplexes. Le grand-père de Gwen s'approche, serre la main du marchand de pulls et demande :

– Vous n'avez pas faim, les filles ?

– Si, répondent sans enthousiasme les quatre enquêteuses. Elles n'osent pas dire qu'elles restent plutôt sur leur faim. C'est cela, la révélation qu'elles attendaient depuis quarante-huit heures ?

Avant de quitter le vendeur de pulls, Alix lui demande :

– Et Émile, qu'est-ce qu'il est devenu ?

– Mort en mer, répond l'ancien pêcheur. Naufragé lors d'une sortie de pêche par mauvais temps, sans doute aux abords du cap Fréhel, mais on ne l'a jamais retrouvé. C'était l'hiver qui a suivi la fin de la guerre.

Les quatre filles font la grimace en même temps. À supposer qu'Émile soit allé rechercher le trésor dans sa cachette, et qu'il l'ait embarqué sur son bateau, cela met fin à leurs espoirs. Elles imaginent le trésor gisant au fond de l'eau, sous les courants et les remous du cap. Peut-être la chaîne en or a-t-elle été rejetée par la marée, ou accrochée par un rocher lors du naufrage. Mais pour le reste… La plongée sous-marine dans des conditions extrêmes n'entre pas dans les compétences des quatre filles, malgré leur débrouillardise.

Devinant ces pensées sombres, le vieux pêcheur ajoute :

– Pas sûr qu'Émile ait eu le temps d'aller mettre la main sur le butin. La lande du cap était encore semée de mines et de pieux. Les démineurs travaillaient chaque jour à tout nettoyer ; ils auraient été alertés par un visiteur suspect quittant les lieux avec un monceau d'objets.

– Mais la nuit ?

– La nuit, on ne voit pas les pieux et encore moins les mines… Émile n'a sûrement pas pris le risque de traverser la lande dans l'obscurité. À quoi ça servirait d'aller chercher un trésor, si on doit sauter sur une mine avant d'en avoir profité ?

Sur ces paroles de bon sens, le vieux marin démarre sa camionnette et agite la main avant de disparaître au coin d'une rue.

Les filles n'ont pas l'impression d'être plus avancées.

Chapitre 8

– Papa, qu'est-ce que c'est, une « tangente » ?

La question de Clémence fait sourire son père. Il attrape une serviette et se sèche énergiquement au sortir de sa baignade. Les filles ont les yeux fixés sur lui comme si leur destin dépendait de sa réponse. Il devine que cette préoccupation a un rapport direct avec leur enquête, mais il ne fait pas de commentaire.

– C'est une question de géométrie, dit-il. Mais... je croyais que vous n'aimiez pas les devoirs de vacances ?

– Explique-nous ça quand même, s'il te plaît, demande Clémence. On rêve toutes d'améliorer notre niveau en maths.

Le père se met à genoux dans le sable, aussitôt entouré de ses quatre élèves attentives. Il trace un cercle avec son index.

– Ça, c'est un cercle.

– Ah bon ? plaisante Alix.

– Je préfère préciser. Ça pourrait être une orange ou une galette des Rois vue du ciel. Bien. Regardez, maintenant : je trace une droite qui touche le cercle en un seul point, sans entrer dedans. C'est ça, une tangente.

– C'est tout simple, dit Clémence avec un sourire qui montre son soulagement, car la géométrie n'est pas sa matière forte. Mais alors, d'où vient l'expression « prendre la tangente » ?

– Ça veut dire s'enfuir, dit son père.

– Oui, je sais, mais quel est le rapport avec une tangente ?

Le papa réfléchit un instant.

– Bonne question, dit-il. C'est peut-être une manière de dire qu'on ne reste pas bloqué dans un cercle ? Enfin, c'est juste une supposition.

– Elle tient la route, intervient Juliette.

– Oh, non ! s'exclame Gwen.

– Pourquoi non ? demande le père de Clémence, étonné.

Mais Alix a suivi le regard de Gwen, fixé sur la falaise qui domine la plage. La tête brune qui s'y montrait disparaît aussitôt. Patibul, encore et toujours lui ! Vite, Alix ajoute deux cornes sur la tangente tracée au sol, puis quelques tortillons à l'intérieur du cercle, maquillant en escargot l'explication géométrique.

– Les filles, vous m'accompagnez ? dit-elle. J'ai oublié une partie du goûter dans la voiture.

Les filles remontent en courant vers le haut des dunes. Le père de Clémence jette un œil aux paniers du goûter, disposés sur une grande serviette à l'abri du sable. Il ne semble pas manquer grand-chose : le pain, le chocolat, les bouteilles d'eau, les compotes des petits et le biberon de Marion, tout y est. Le papa sourit, hoche la tête.

Ces cachottières ont encore quelques tactiques à apprendre pour enquêter en toute discrétion. Il enfile son tee-shirt et regarde sa femme, son frère et sa belle-sœur qui reviennent du bord de l'eau avec les petits. Le château de sable qu'ils avaient construit vient d'être englouti par la marée montante. On entend de loin les cris de joie de Laure et Guillaume fêtant la victoire de la mer.

– Où sont les grandes ? demande la mère d'Alix en arrivant.

– Ta fille les a entraînées là-haut, dit le père de Clémence en montrant la sortie de la plage.

– Pourquoi ?

– Je ne sais pas. Une urgence dans leur enquête, sans doute.

La mère de Clémence s'assied dans le sable pour ouvrir les compotes et les tablettes de chocolat.

– Ça m'inquiète un peu, cette histoire, dit-elle en fronçant les sourcils. Je me demande si on ne leur laisse pas trop de liberté à nos filles. Elles ne pensent plus qu'à ça, et je ne voudrais pas qu'elles se mettent en danger.

– Quel danger peut-il y avoir, à part celui d'une grosse déception ? demande son mari.

– Je ne sais pas. Elles ont l'air préoccupées, parfois.

Préoccupées, les quatre filles le sont vraiment. Une fois arrivées sur le parking, elles ont hésité à s'aventurer seules vers la falaise où Gwen et Alix venaient d'apercevoir Patibul ; par chance, juste à ce moment-là, un couple de touristes anglais s'est engagé dans cette direction. Elles lui ont emboîté le pas, l'air de rien. Il n'y avait plus trace d'une présence humaine sur la pointe. Mais une crotte de chien toute récente a confirmé qu'elles ne s'étaient pas trompées.

– Ce maudit espion, s'exclame Clémence. Je donnerais mes cinq premiers journaux intimes pour le rencontrer et lui demander ce qu'il veut.

– Tu n'as que cinq journaux intimes ? s'exclame Juliette. J'en ai déjà huit.

– Ça ne m'étonne pas, pipelette comme tu es, rétorque Clémence en riant.

Alix s'approche du bord de la falaise. Dix mètres plus bas, il y a la plage, les serviettes, la famille rassemblée pour le goûter, et l'escargot dessiné sur le sable. Laure est en train d'y ajouter des pattes. Elle a toujours préféré imaginer des escargots capables de galoper.

– Patibul avait une vue plongeante sur la démonstration de géométrie, dit Alix. Puis, mettant ses mains en porte-voix :

– Laissez-nous du chocolat, on arrive !

– Maman, attention ! s'écrie alors Clémence. Marion va faire mal à Stéphane !

En effet, la fillette a saisi la pelle métallique réservée aux grands, et s'approche de son cousin avec des gestes maladroits. Vite, sa mère la lui reprend des mains et la glisse dans le sac à dos d'Alix, posé juste devant elle. Un coup de fermeture Éclair et hop ! elle écarte le sac.

– Tu vois, lui dit le père d'Alix, il ne faut pas s'en faire. Nos filles sont grandes et prudentes. Elles ont la tête sur les épaules ; je crois bien qu'on peut leur faire confiance.

Le soir venu, dans la maison d'Yvon et Marie, un bon feu craque et flambe dans la vieille cheminée de pierre. Il fait chaud pourtant, mais Marie dit que ses vieux os redoutent l'humidité de la nuit ; même au cœur de l'été, quand les derniers rayons du soleil s'éteignent après 10 heures du soir, des volutes de fumée s'élèvent au-dessus du toit d'ardoises.

La salle à manger est plus animée que d'habitude. Pour remercier Juliette, Alix et Clémence d'avoir inclus Gwen dans leur bande, Yvon et Marie ont tenu à inviter les trois filles à dîner. Les grands-parents de Gwen sont là aussi et c'est Christine, la grand-mère de Gwen, qui se charge de faire les crêpes.

– C'est la meilleure que j'aie jamais mangée ! s'exclame Clémence avec gourmandise.

– Merci, répond Christine, les joues rougies par la chaleur du feu et celle de la gazinière. J'ai longtemps travaillé dans la meilleure crêperie de Quimper... On avait une recette exceptionnelle.

– Vous pourrez nous la donner ? demande Juliette les yeux brillants.

– Eh non... Secret du chef ! dit Christine en secouant la tête.

La Savoyarde sourit :

– Tant pis, je ne vous donnerai pas la recette de tartiflette de ma grand-mère, et pourtant c'est la meilleure de toutes les Alpes !

Les quatre adultes éclatent de rire.

– Tu viens de Savoie, petite ?

– De Haute-Savoie, répond Juliette. Mes grands-parents ont une maison à Chamonix.

– Au pied du Mont-Blanc ! s'exclame Alain. Comme tu as de la chance !

– Vous n'êtes pas malheureux au cap Fréhel, dit Juliette. C'est vraiment magique ici.

– Je ne dirai pas le contraire, confirme Yvon. Et puis, c'est l'un des rares endroits de la côte qui soit comme autrefois, quand j'étais petit. Partout ailleurs, il y a eu beaucoup de constructions. Ici la lande est restée sauvage et le village ne s'est pas trop étendu. Regardez cette photo du cap, elle date de la fin de la guerre... Vous voyez, c'est pareil qu'aujourd'hui.

Les filles se penchent sur le vieux cliché jauni qu'Yvon est allé décrocher du mur. Clémence sourit :

– C'est vrai, mais c'est encore mieux aujourd'hui : la lande n'est plus en noir et blanc, elle a pris des couleurs !

– Ah, les couleurs, dit Marie. C'est au printemps qu'elles sont extraordinaires. La bruyère et les ajoncs fleurissent au même moment et le cap ressemble à un immense tapis rose et jaune. Quels parfums aussi…

– Qui reprendra une crêpe caramel-beurre salé ? demande Christine à la cantonade.

– Moi ! répondent quatre voix en même temps.

Alix ajoute :

– Mais vous, madame, vous n'avez rien mangé depuis le début…

– Merci, ma grande, la crêpière dîne toujours après ! C'est pour pouvoir manger encore plus que tout le monde, ajoute-t-elle avec un clin d'œil.

Pendant que Christine retourne à la cuisine, les quatre filles se penchent de nouveau sur la vieille photo du cap. Elles ont eu la même idée en même temps. L'image date de la fin de la guerre. Et s'il y avait, par une chance inouïe, un détail insolite pouvant faire avancer l'enquête ? Hélas, la photo est un peu floue ; impossible d'observer avec précision les pans de falaise qu'on y voit. Les filles relèvent la tête, déçues, sauf Clémence qui pointe du doigt un trou étroit en bord de falaise, au tout premier plan de la photo.

– Qu'est-ce que c'est que ça ? demande-t-elle à Yvon.

Le vieil homme chausse ses lunettes.

– Un puits d'aération creusé pour les blockhaus, dit-il. Il y en avait quelques-uns sur la lande. Assez dangereux, parce qu'on ne les voyait pas et qu'on risquait toujours de se casser une jambe en se prenant un pied dedans... Ils ont été murés avec du ciment, comme tout le reste. Et la végétation les a fait disparaître assez vite.

Alain se penche à son tour sur le cadre.

– C'est drôle, dit-il songeur, je ne me rappelle pas l'existence de celui-là.

– Bien sûr que si ! s'exclame Yvon. C'est celui sur lequel tu t'es fait une entorse quand on a enfin pu aller se promener sur le cap après le passage des démineurs. Tu avais trois ans et c'était la première fois que tu pouvais découvrir la lande.

Alain hoche la tête.

– Non, ce n'est pas celui-là. Il était un peu plus loin et pile sur le chemin. Celui qu'on voit sur la photo est vraiment au bord de la falaise, regarde : on ne devait même pas le voir depuis le sentier, il était caché par les fougères qu'on voit là. D'ailleurs, je n'ai pas pu tomber dessus, regarde : il est recouvert d'une grille, comme certains autres.

– Tiens tiens... C'est vrai.

– Oh, on l'a sûrement fouillé aussi, reprend Alain. Tu sais bien qu'on n'a pas laissé un centimètre inexploré au bord des falaises. L'intérieur de la lande était plus difficile à quadriller, mais le long de la côte...

Alain parle d'un ton qu'il essaie de rendre détaché, mais les filles le sentent passionné, comme il a dû l'être quand il menait l'enquête dans sa jeunesse. Elles échangent des regards brillants. Ce n'est pas le moment de renoncer à des recherches qui intéressent tant de monde.

– La crêpe d'Alix est prête ! lance Christine depuis ses fourneaux.

Alix bondit à la cuisine et revient avec une assiette fumante dont le parfum aiguise l'appétit de ses amies, malgré les trois crêpes que chacune a déjà dans l'estomac. Alix pose l'assiette sur la table, s'assied et regarde d'un air gourmand le caramel qui s'écoule.

– Commence, n'hésite pas, dit Clémence.

– Ah non, j'attends que vous soyez servies aussi, répond Alix.

Il y a un petit rond de caramel tout au bord de l'assiette. Alix prend distraitement son couteau et le place contre ce rond, comme une tangente au cercle de l'assiette. Son regard est pensif. Clémence la secoue par le bras.

– Eh, l'obsédée de la géométrie, reviens sur terre ! Et mange ta crêpe pendant qu'elle est chaude.

À la fin du dîner, les trois invitées traversent le jardin pour regagner le gîte. La pleine lune brille dans un ciel superbe, tout pailleté d'étoiles. L'univers n'est plus que silence et beauté. Une lueur balaie le jardin et disparaît aussitôt : c'est le rayon du phare, allumé comme chaque soir pour guider les bateaux sur la mer. Les trois filles s'attardent quelques instants pour voir repasser le trait de lumière.

Juliette hausse les épaules.

– Cette histoire d'Émile le pêcheur ne mènera à rien. Les soldats ont pris la tangente, ça veut dire qu'ils se sont enfuis, et puis c'est tout.

Chapitre 9

Quelle heure est-il ? Alix allume sa lampe de chevet, regarde sa montre, soupire, éteint. Déjà minuit. Il y a presque deux heures que les trois amies se sont couchées après le dîner de crêpes. Clémence et Juliette n'ont pas tardé à s'endormir, mais Alix ne parvient pas à trouver le sommeil. Si ça continue, elle sera bonne pour somnoler toute la journée ! Cette pensée la déprime. Elle se tourne une fois de plus dans son lit et, les yeux grands ouverts, guette le rayon du phare. Deux minutes et quarante-cinq secondes entre deux flashs... Son insomnie lui a laissé tout le temps de compter les intervalles.

Alix a trop chaud. Elle se lève pour aller respirer l'air de la nuit par la fenêtre ouverte. Des effluves sucrés montent du chèvrefeuille qui grimpe sous la fenêtre. Le ciel est toujours aussi beau. Le rayon du phare passe, disparaît. Alix l'imagine balayant la mer, éclairant le large. Est-ce qu'il décrit un cercle complet ? Alix se fige, l'esprit assailli par une idée nouvelle. Et si cette fameuse « tangente » évoquée par Émile avait un rapport avec ce cercle de lumière ?

– N'importe quoi, je divague, dit Alix tout fort en haussant les épaules.

Au son de sa voix, Clémence se retourne dans son lit sans se réveiller. Alix regarde avec envie sa cousine qui dort à poings fermés, puis, de nouveau, le ciel constellé d'étoiles. Le clair de lune est si lumineux que l'ombre de l'araucaria se détache sur l'herbe du jardin. On pourrait marcher dehors sans avoir besoin d'une frontale.

Le rayon du phare passe de nouveau.

« N'empêche, on n'a pas encore exploré le phare, songe Alix. Si son rayon a un rapport avec notre enquête, on ne peut le faire que la nuit quand il fonctionne... »

Elle attend deux minutes et quarante-cinq secondes sans bouger. Le rayon repasse.

« En plus, dans la journée, il y a trop de monde autour du phare ; on ne peut rien faire tranquillement... »

Alix attend encore, ou plutôt elle hésite. Dans le jardin d'à côté, une hulotte fait entendre son appel timide. Un léger piétinement attire l'attention d'Alix vers le bac à sable.

La clarté de la lune lui permet d'apercevoir deux hérissons qui trottinent sur l'herbe à la recherche de vers ou d'escargots. Comme ils sont mignons ! Mais ils ne sont pas discrets : s'ils continuent à grogner et à gratter la terre comme cela, ils vont attirer l'attention de la hulotte ! Alix les observe. Le rayon du phare effleure leurs piquants et s'en va. Cela ramène Alix à son idée fixe. Elle se penche au-dessus de sa cousine.

– Clémence ! dit-elle en lui secouant doucement l'épaule.

Puis elle se hisse sur la pointe des pieds pour atteindre l'étage supérieur du lit superposé.

– Juliette ! appelle-t-elle.

Cueillies en plein milieu de leurs rêves, les deux filles s'assoient et se frottent les yeux.

– Qu'est-ce qu'il y a ? demande Clémence d'une voix pâteuse.

– Ça ne vous dirait pas, une balade au clair de lune ?

Clémence entend Juliette lui chuchoter :

– Elle doit être somnambule. Il paraît qu'il ne faut jamais affoler un somnambule. Il faut dire oui à tout ce qu'il demande et le recoucher doucement.

– Tu as raison, murmure Clémence. Je vais aller fermer la fenêtre pour qu'elle ne saute pas...

Clémence est interrompue par un éclat de rire :

– Pas question de sauter par la fenêtre, s'exclame Alix, il y a deux hérissons en dessous et j'ai la plante des pieds sensible !

C'est une remarque bien raisonnable pour une somnambule. Interloquées, Clémence et Juliette ouvrent de grands yeux. Alix poursuit aussitôt :

– Désolée de vous réveiller, les filles, mais ce serait peut-être intéressant d'aller explorer le phare de plus près, au cas où son rayon nous livrerait des secrets.

– Mais les parents... murmure Clémence.

– On ne risque rien, plaide Alix. On sera dans nos lits d'ici deux heures. Ils n'auront même pas l'occasion de s'inquiéter.

– Mais... il y a Patibul et son pitbull, plaide Clémence.

– C'est vrai, fait Alix ennuyée. Je n'aimerais pas les rencontrer sur la lande.

– Il y a peu de risques, intervient Juliette. Les chiens dorment la nuit, à l'inverse des loups. En revanche...

– Oui ?

– Ce n'est pas sympa de partir sans Gwen.

– Tu as raison.

Les filles sont déjà en train de s'habiller silencieusement, tout excitées par cette sortie nocturne, mais l'idée de laisser Gwen en dehors du coup les fait s'arrêter un instant.

– Elle est plus jeune que nous, murmure Alix. C'est peut-être plus prudent de la laisser dormir.

– Tu viens de dire qu'il n'y avait aucun danger, fait remarquer Clémence.

– C'est vrai, et je le pense en plus. Bon. La chambre de Gwen donne sur le jardin. Si par chance elle dort la fenêtre ouverte, on pourra la réveiller en l'appelant doucement.

Trois silhouettes se glissent silencieusement dans l'escalier sans faire craquer les marches. Se faufilent dans le jardin, suivies par leurs ombres qui rampent au sol. S'arrêtent sous la fenêtre de Gwen. Celle-ci est entrebâillée.

– Gwen, Gwen ! appelle Clémence dans un chuchotement.

Aucune réponse ; Gwen doit être plongée dans un sommeil profond. Juliette ramasse un gravier et vise les carreaux. Le caillou tinte contre le verre. Presque aussitôt, la croisée s'ouvre, et Gwen se penche à la fenêtre, le visage tout chiffonné de sommeil.

– Qu'est-ce qui se passe ?

– On va faire un tour du côté du phare, explique Alix à voix basse. Tu veux venir avec nous ? Tu n'es pas obligée, bien sûr.

Quelques minutes plus tard, les quatre filles sortent du village et osent enfin ne plus marcher sur la pointe des pieds.

Elles courent sur la route du cap, en humant avec bonheur l'air de la nuit. Le silence est si profond, le ciel si solennel, que pendant un moment elles marchent sans échanger une parole, le regard fixé sur la Voie lactée.

– Une étoile filante ! s'exclame Juliette. Vite, faites un vœu !

– Si on a toutes fait le même, il se réalisera, affirme Clémence. Qu'est-ce que vous avez choisi, les filles ?

– Je croyais qu'il ne fallait jamais le dire, fait Gwen.

– Ce n'est pas scientifiquement prouvé, rétorque Clémence. Alors ? Moi, j'ai fait le vœu qu'on retrouve le trésor.

– Moi aussi, disent en chœur Alix et Juliette.

– Moi non, désolée, ajoute Gwen. J'ai fait le vœu que…

– Que quoi ?

– … Que vous déménagiez toutes à Rennes pour être dans la même école que moi.

Trois sourires fleurissent en même temps sous le clair de lune.

– C'est un vœu qui nous touche beaucoup, dit Alix. En attendant qu'il se réalise, on trouvera bien des occasions de se revoir souvent.

– Oh, et puis ces vacances ne sont pas finies, ajoute Clémence d'un ton bourru pour cacher son émotion. On est ensemble, là, non ?

Le phare est maintenant tout proche ; son rayon puissant perce la pénombre comme un éclair à chaque passage.

– Tu peux nous en dire plus sur ton plan d'exploration ? demande Juliette en se tournant vers Alix. Qu'est-ce qu'on fait quand on sera sur le parking du pha... aaaaah !

Sa phrase s'achève dans un cri d'effroi. Un projectile arrivé par la gauche vient de lui frôler les cheveux. Les filles s'immobilisent le cœur battant et scrutent la lande où rien ne bouge.

– Qu'est-ce que c'était ? demande Alix d'une voix blanche. J'ai rêvé ?

– Non, répond sa cousine. J'ai vu une forme noire, grosse comme une balle de tennis, et elle a failli te scalper !

Les quatre filles donneraient soudain n'importe quoi pour être sous leur couette, et c'est Alix qui songe à la maison avec le plus d'amertume, parce qu'elle se sent responsable d'avoir entraîné les autres dans cette promenade insensée.

Un danger ne vient jamais seul. Un deuxième projectile surgit de la nuit, sur la droite cette fois, visant Clémence. Panique à bord ! Silencieux comme un fantôme, le projectile s'écarte au dernier moment de sa cible, effleurant l'épaule d'une Clémence terrorisée. Mais Gwen éclate de rire :

– C'est une chauve-souris ! s'écrie-t-elle.

– Tu… tu es sûre ? s'inquiète Clémence.

– Certaine. Regarde là-bas, il y en a deux qui tournent dans les airs. Il y en a beaucoup par ici, vous savez !

– Je ne me souviens plus bien, dit Alix. Ça griffe, ça mord, une chauve-souris ?

– Pas du tout, répond Juliette, et c'est plutôt peureux. C'est pour ça qu'elle s'est écartée de Clémence juste à temps pour ne pas la percuter. N'empêche, ce n'est pas très agréable de se faire foncer dessus. On avance ?

Remises de leur surprise, les trois autres ne se le font pas dire deux fois. Elles se dirigent vers le parking, sans un bruit, sans un mot, guettant d'un air suspicieux tout mouvement éventuel. La nuit leur paraît soudain un peu hostile. Tendues comme elles le sont, un nouveau piqué de chauve-souris suffirait à les faire crier de peur.

Les voici au pied du phare. Là-haut, au sommet de la tour, l'énorme lentille de verre dégage une lueur éblouissante. Le faisceau lumineux balaie une mer agitée, presque phosphorescente sous la lune. Maintenant qu'elles sont tout près des falaises, les filles perçoivent le vacarme des vagues qui s'écrasent en mugissant contre les rochers.

– Ça a de l'allure, hein, chuchote Clémence.

Alix réfléchit. Pour observer au mieux le rayon lumineux, il est préférable de contourner le bâtiment en U sur la gauche, et d'aller se poster entre le phare et l'extrémité des falaises. Elle fait signe aux trois autres de la suivre et commence à raser les murs.

– Tu as peur de quelque chose ? demande Juliette. Tu marches comme un Indien sur le sentier de la guerre...

Pour rien au monde Alix n'avouerait qu'elle est inquiète, parce que cela pourrait saper le moral des autres.

– De quoi voudrais-tu que j'aie peur ? dit-elle. Contre le mur on est à l'abri du vent, c'est tout.

Alix a parlé d'une voix chaude comme pour se persuader elle-même. Mais l'incident des chauves-souris l'a rendue nerveuse ; elle pense maintenant à Patibul et à son chien, elle les imagine contournant le bâtiment par la droite. Le cœur battant, elle gagne l'angle du mur, presque convaincue qu'elle va se trouver nez à nez avec eux. Elle ignore que les filles qui la suivent imaginent exactement la même chose.

Bang ! Un claquement sec fait vibrer le mur juste au-dessus de leurs têtes. Alix réprime un cri mais Juliette ne parvient pas à retenir le sien. Une voix tombe sur les filles comme la foudre :

– Qui est là ?

Les filles sont tétanisées. Elles lèvent des regards épouvantés sur le volet qui a claqué. Un visage barbu se montre à la fenêtre, sa moitié droite éclairée par la lueur d'une lampe-tempête, l'autre moitié mangée par l'ombre de la nuit. L'apparition a quelque chose de fantomatique. Mais Gwen est la première à reprendre ses esprits :

– Hervé ! appelle-t-elle d'une voix tremblotante. C'est moi, Gwenaëlle, la petite-fille d'Alain et Christine.

Puis elle chuchote à ses amies :

– C'est le gardien du phare, n'ayez pas peur.

Le gardien avance sa lampe-tempête. Quatre frimousses blêmes de frayeur s'alignent en dessous de lui. Il les passe rapidement en revue et s'arrête sur celui de Gwen. Sa voix gronde comme le tonnerre :

– Puis-je savoir ce que quatre filles fabriquent à une heure pareille juste sous mon phare ?

Un silence. Ce n'est pas que les filles veuillent à tout prix garder leur secret, mais elles ne savent pas comment justifier leur randonnée nocturne. Même Alix, qui en a eu l'idée, ne parvient pas à trouver une explication raisonnable. L'esprit encore engourdi par la peur, elle écoute le fracas d'une vague tout en bas sur les rochers.

– Gwenaëlle, réponds-moi, reprend Hervé d'un ton péremptoire.

– Je… eh bien… heu…

– C'est ma faute, monsieur.

Alix se lance. Elle lève des yeux suppliants vers le gardien du phare et les mots se bousculent dans sa gorge :

– Nous essayons de retrouver le trésor perdu pendant la guerre, vous voyez sûrement de quoi je parle… Et on nous a dit qu'il y avait peut-être une histoire de tangente là-dessous, alors j'ai entraîné mes amies ici cette nuit, pour voir si le cercle de lumière du phare ne pourrait pas nous donner un indice… Enfin vous comprenez.

Hervé dévisage son interlocutrice avec des yeux ronds, puis il répond :

– Non, petite, je ne comprends rien de rien. On dirait du chinois. De toute façon, ça n'a aucune importance : des filles de votre âge n'ont rien à faire sur la lande à 1 heure du matin. Gwenaëlle, tu mériterais que j'en parle à tes grands-parents. Je pensais que tu avais une cervelle plus grosse qu'un petit pois !

Quatre paires d'épaules se courbent, quatre têtes se baissent, Hervé comprend qu'il n'a pas besoin d'insister. Il voit que les filles ont eu très peur et que l'expérience leur servira de leçon. D'une voix radoucie, il leur dit :

– Je ne peux pas quitter le phare puisque je suis en service, alors attendez un instant, je vais réveiller ma femme pour qu'elle vous ramène à la maison en voiture.

Le rouge de la honte envahit les joues des filles :

– Ne la dérangez pas, s'exclame Alix, on va rentrer à pied.

– Pas question, reprend Hervé. S'il vous arrivait quelque chose sur le chemin du retour, je m'en sentirais responsable.

– Si vous obligez votre femme à se lever, ce sera notre pire punition, murmure Clémence.

– Je « n'oblige » jamais ma femme, jeune fille, répond Hervé. Mais elle va être du même avis que moi, c'est tout. Et puis, tant mieux si cette indélicatesse est votre pire punition. Comme ça, vous ne referez jamais une bêtise pareille.

Hervé disparaît à l'intérieur du bâtiment. Les filles attendent toutes penaudes au pied du phare en écoutant le vent et les coups de bélier des vagues. Le gardien ne tarde pas à revenir.

– Ma femme se prépare, dit-il. En attendant, laissez-moi vous dire une chose. Mon phare n'a rien à voir avec votre chasse au trésor. Il a été construit en 1950, cinq ans après la guerre. Les soldats d'Hitler ont dynamité le précédent en août 1945, quelques jours avant d'être délogés de leurs blockhaus par les Américains.

Les filles hochent la tête. Hervé aussi. Pensif, il ajoute :

– C'est drôle ; ces jours-ci, tout le monde s'intéresse à cette histoire de trésor. Un type est venu me voir pas plus tard que ce matin pour me poser plein de questions. Comme si je savais quelque chose, moi ! Je ne suis pas de la région. Je suis arrivé ici il y a dix ans, après avoir gardé une série de phares isolés en mer.

À cet instant, la femme d'Hervé se montre à la fenêtre, vive et aimable comme si de rien n'était. Elle a des clés de voiture à la main.

– Pardon, madame, veuillez nous excuser, balbutie Alix.

– Allons, mesdemoiselles, ce n'est rien. Cela arrive à tout le monde de faire une bêtise ; le tout, c'est de ne pas recommencer. Retrouvez-moi sur le parking !

Pleines de reconnaissance, les filles agitent la main pour dire au revoir à Hervé. Avant de partir, Clémence demande encore :

– L'homme qui est venu vous poser des questions ce matin, il avait un chien ?

– Oui, comment le sais-tu ? Un pitbull que je n'aurais pas aimé rencontrer tout seul dans la nature. La bestiole grognait sous sa muselière, brrr ! Allez, bonne nuit, les petites. Et pour les promenades au clair de lune, vous attendrez d'avoir dix-huit ans, le droit de vote et le permis de conduire.

Chapitre 10

Le lendemain, quand Alix est réveillée par le bruit d'une dispute venant du jardin, elle bondit, furieuse, hors de son lit et court à la fenêtre.

– Laure, Guillaume, ça ne va pas de crier comme ça ? Vous avez vu l'heure ?

– Oui... renchérit Clémence derrière elle, d'une voix goguenarde. Onze heures moins le quart déjà.

– Hein ? Ta montre s'est arrêtée hier dans la nuit, ça n'est pas possible autrement !

– Non, ajoute Juliette, la mienne indique la même chose.

Alix écarquille les yeux puis éclate de rire.

– Moi qui déteste les grasses matinées ! Remarquez, on n'a pas à s'habiller, c'est toujours ça de gagné.

En effet, quand la femme d'Hervé les a déposées à la maison cette nuit, les filles se sont séparées en silence, Gwen regagnant sa maison et les autres la leur. Pendant le court trajet en voiture, la fatigue s'était abattue brusquement sur elles. Après avoir titubé jusqu'à leur lit, elles se sont écroulées la tête sur l'oreiller sans prendre le temps de se remettre en pyjama.

– Ah ! s'exclame la mère de Clémence en voyant les trois zombis débarquer dans la cuisine. J'ai bien cru que le pain frais allait rassir avant votre réveil !

– Pardon, maman, murmure Clémence en défroissant furtivement son tee-shirt plissé par la nuit.

– Vous n'avez pas à vous excuser, on est en vacances et je suis contente si vous avez bien dormi. C'est le dîner de crêpes qui vous a épuisées ?

Les filles n'aiment pas mentir et laissent un silence pudique recouvrir la question. La mère de Clémence poursuit :

– Gwenaëlle semble fatiguée elle aussi. Presque morose, ça ne lui ressemble pas… Regardez, elle est sous l'araucaria.

En effet, une petite silhouette assise en tailleur se trouve retranchée derrière les piquants de l'arbre ; la tête baissée, elle n'a pas entendu ses amies se lever. Les trois lève-tard se précipitent vers elles.

– Ça va, Gwen ? demande Clémence inquiète. Tes grands-parents se sont aperçus que tu n'étais pas là cette nuit ?

– Non, répond Gwen d'un ton tragique. C'est pire que ça.

– ...

– Mon grand-père vient de me dire qu'il me ramenait à Rennes demain : on sera déjà vendredi. J'avais complètement oublié de compter les jours.

Les quatre filles se regardent, consternées. Ce n'est pas possible que le temps passe si vite !

– C'est mal parti pour la chasse au trésor, reprend Gwen. Ou plutôt, disons que vous le trouverez sans moi.

– Pas question, répond Alix d'un ton lugubre. D'ailleurs, c'est une mauvaise nouvelle pour nous aussi, puisqu'on s'en va samedi matin...

– La seule solution est de le trouver entre aujourd'hui et demain, s'exclame Clémence d'un ton déterminé. Venez : on va prendre notre petit déjeuner et réfléchir au programme. Gwen, tu reprendras bien une tartine avec nous ?

– Oui, dit Gwen un peu ragaillardie. Cette nouvelle m'a coupé l'appétit et je n'ai encore rien avalé.

Une heure plus tard, un solide petit déjeuner dans l'estomac, les filles se retrouvent sur ce chemin du cap qu'elles pourraient parcourir les yeux fermés. Vu le nombre de tartines qu'elles ont englouties, les parents leur ont donné la permission de ne rentrer qu'à 2 heures de l'après-midi : elles déjeuneront pendant la sieste des petits.

– Ils sont vraiment gentils, vos parents, fait remarquer Gwen tandis qu'Alix et Clémence avancent en sifflotant une chanson de marche.

– On ne peut pas dire le contraire, sourit Clémence.

– Ce sont les meilleurs parents du monde, proclame Alix.

– Alors là, pas d'accord ! s'exclame Juliette. Ça se voit que tu n'as jamais vu les miens ! Dis-lui, Clémence, puisque tu les connais...

– Bien sûr, ils sont super ! dit Clémence. Au bout de ces six jours, elle voit bien que les parents de sa copine lui manquent un peu. Les coups de téléphone, le soir, deviennent plus longs et la voix plus émue.

Alix se tourne vers Gwen :

– Et tes parents à toi ? Tu n'en parles jamais.

– Pourtant je les adore, répond Gwen. On fait toujours plein de choses ensemble. Mais le début de l'été est toujours la période où il travaillent le plus tous les deux : alors, chaque année, je viens ici. C'est la première fois que le séjour me paraît aussi court !

– Tes grands-parents sont adorables aussi, observe Juliette. Ton grand-père est gentil d'être aussi disponible.

Les autres hochent la tête. Alain a promis de les rejoindre à 1 heure sur la lande, juste après avoir déjeuné avec Yvon et Marie. Il doit apporter la vieille photo qui l'a intrigué hier, et chercher avec les filles le point exact d'où elle a été prise. En l'attendant, les quatre amies ont quartier libre pour arpenter les sentiers de la lande.

– Si on passait par ici ? propose Clémence à cinq cents mètres du phare, en désignant un sentier qui part de la route. On ne connaît pas ce chemin-là, je crois.

– Il aboutit au bord des falaises, un peu à droite du rocher aux mouettes, dit Gwen. Je l'ai déjà pris plusieurs fois avec mon grand-père.

Les quatre amies s'engagent en file indienne : pas question de marcher de front, car ici, comme partout, l'étroit sentier est bordé d'ajoncs, qui risquent de leur griffer les jambes.

Quelques mètres après le début du chemin, un panneau planté au ras du sol fait rire les filles :

« Espace de lande en restauration
– merci de rester sur les sentiers –
Le Conservatoire du littoral »

– Qui veut désobéir ? lance Clémence en effleurant les piquants d'une semelle prudente.

– Pas moi, je me sens très écolo, grimace Alix.

– Quels farceurs au Conservatoire, ajoute Juliette.

Au moins, les conservateurs font bien les choses, le sentier suit un tracé impeccable. Longtemps, les filles avancent sans trop parler, absorbées dans leurs pensées. Le ciel n'est pas aussi beau que les jours précédents. Le soleil s'est voilé, des bancs de brume flottent dans un air rafraîchi. Ce changement de temps s'accorde bien avec une fin de vacances. Il rappelle aux filles l'urgence de la situation : il faut trouver le trésor, vite, car bientôt il sera trop tard et peut-être que la pluie inondera le cap, compromettant définitivement les recherches.

Soudain Clémence, qui marche en tête, s'arrête brutalement. Alix se cogne dans son dos et Juliette dans celui d'Alix. Seule Gwen, qui marchait trois pas derrière, évite le carambolage général.

– Qu'est-ce qui se passe ?

– Regardez, là : des empreintes de chien.

Elle a raison, une trace nette est imprimée sur la poussière jaune du sentier. Juliette se penche dessus. Aucun doute possible pour la spécialiste des empreintes animales, c'est celle du pitbull. Les quatre filles scrutent les quatre points cardinaux. Rien à l'horizon, rien d'autre qu'un moutonnement d'ajoncs et de bruyère.

– La trace peut dater d'hier ou même d'avant-hier, fait remarquer Gwen. Il n'a pas plu.

– Oui… Mais le vent était fort cette nuit sur le cap, rétorque Alix. Souvenez-vous. Vous ne croyez pas qu'il aurait balayé les empreintes ?

– Peut-être pas ; les buissons d'ajoncs forment une protection solide.

– C'est bizarre que les traces commencent ici… D'où peuvent-elles venir ?

– D'ici, remarque Clémence en montrant un minuscule passage transversal qui serpente entre les buissons d'ajoncs. Le chien n'a pas respecté les consignes, il est sorti du sentier !

– Oh le vilain, fait Alix. En tout cas, moi, j'en ai assez de ce chien et de son maître fantôme. Si je leur mets la main dessus, je leur fais manger des brochettes d'ajoncs sauce piquante ! On suit les traces ? Elles vont vers le cap.

À l'approche de la mer, le vent fraîchit encore. Les filles frissonnent, enfilent les polaires qu'elles avaient nouées à leur taille. Sous le ciel gris, la mer a pris une teinte ardoise. Un soleil pâle s'y reflète à l'est.

– Changement d'ambiance, constate Clémence.

– Oui, on se croirait dans la photo en noir et blanc d'Yvon, dit Alix.

Juliette remonte jusqu'au cou la fermeture Éclair de sa polaire et met les mains dans ses poches pour les réchauffer.

Cent mètres environ séparent les filles du bord de la falaise. Le chemin est maintenant bordé par un fil qui court au ras de la terre, pour empêcher les promeneurs de marcher à côté. Juliette examine les abords du sentier et s'exclame :

– Tiens, les traces quittent le chemin, regardez : elles partent dans cette direction.

Une empreinte est en effet visible à gauche, juste derrière le câble, entre deux buissons. Mais le passage que s'est frayé le chien est trop étroit, les buissons trop foisonnants, pour que l'œil puisse les suivre bien loin.

– On ne peut pas mettre les pieds là-dedans, dit Gwen, découragée.

– Oh, regardez ce mini-chemin qui part de l'autre côté, fait Clémence en montrant la droite du sentier : j'ai failli ne pas le remarquer.

En effet : à un endroit bien précis où les ajoncs cèdent la place à des fougères, un passage de quinze centimètres de large s'ouvre dans la végétation.

– C'est drôle, fait Gwen pensive, je n'avais jamais vu ce chemin. Ah, je sais pourquoi : avant, il y avait des filets à cet endroit-là.

– Des filets pour quoi faire ?

– Pour protéger la lande de l'érosion. J'imagine que le sol est bien fixé maintenant, alors les filets ont été enlevés.

Clémence regarde dans toutes les directions. Avec le mauvais temps qui arrive, il y a beaucoup moins de monde que les autres jours le long des falaises. Quelques grappes de touristes longent l'extrémité du cap, en face du rocher aux mouettes. Tournés vers la mer, ces gens ne devraient pas avoir un seul regard pour les quatre filles.

– On y va, décide Clémence. Mille excuses au Conservatoire, mais je voudrais bien savoir où mène ce sentier.

La petite équipe s'y engage, posant un pied devant l'autre. Tout à coup, au bout de cent mètres, Clémence trébuche sur un renflement à peine décelable.

– Qu'est-ce que c'est que ce truc ?

Elle commence à gratter avec le bout de sa semelle, mais une chaussure souple n'est pas une pioche très efficace, même sur le sol sablonneux et friable de la lande. Soudain, Alix s'écrie :

– Attends, Clémence, j'ai mieux ! La pelle que ta mère a reprise à Marion sur la plage, tu sais ? Elle l'avait cachée dans mon sac. Je l'ai toujours !

Elle enlève son sac à dos, ouvre la fermeture, et tire du fond d'une poche la pelle métallique encore pleine de sable.

– On me dit toujours que je ne range pas assez mes affaires, sourit Alix, et c'est vrai que je ne pense jamais à vider mon sac. Mais ce désordre est utile, finalement…

Clémence éclate de rire et hoche la tête.

– Tu as raison. C'est une preuve. Je m'en souviendrai la prochaine fois que mes parents me demanderont de ranger ma chambre.

Prenant la pelle, elle commence à creuser les contours de l'obstacle et dégage le rebord d'une plaque de béton circulaire.

– Encore un souvenir de la guerre, dit Gwen.

Il s'agit en effet de l'extrémité d'une ouverture d'abri, exactement identique à celles qu'Alain a montrées aux filles pendant la visite de mardi. Clémence s'arrête de creuser, essoufflée : le reste de la plaque disparaît sous un large buisson d'ajoncs, qu'il faudrait déraciner pour continuer l'extraction.

– Laisse tomber, dit Juliette à son amie. Regarde le ciment qui recouvre le béton. On voit bien que l'ouverture a été murée comme toutes les autres. Ça veut dire qu'elle a été fouillée.

Clémence s'accroupit et caresse de l'index le ciment rugueux. Soudain, son regard se fixe un peu plus loin sur le rebord de la plaque. Un vieux morceau de métal rouillé affleure à la surface, sans doute la tête d'un boulon ou d'une tige en fer. Situé à la bordure du rond de béton, il n'a pas été recouvert par le ciment. Clémence se redresse avec une exclamation. Elle attrape le bras d'Alix et lui secoue le coude :

– Ce point de rouille, là. Si on trace une tangente au cercle de béton, une tangente qui passe pile par cet endroit-là, elle nous mènera où ?

Alix rit.

– Je croyais que c'était moi, l'obsédée des tangentes, dit-elle. Tu es encore pire ! Mais au fond, ce serait dommage de ne pas essayer. On a le temps. On tente, les amies ? dit-elle en se retournant vers Gwen et Juliette.

– Oui ! oui !

– Mais avec quoi on va la tracer, cette tangente ?

– Avec ma corde, je l'ai toujours dans mon sac, dit Clémence. Moi non plus, je ne range pas bien mes affaires...

Alix et Juliette prennent chacune une extrémité de la corde. Clémence la saisit par le milieu, et la maintient contre la tache de rouille. Les deux filles s'éloignent l'une de l'autre : la corde se déroule, se tend au maximum, formant une droite qui effleure le bord de la plaque de béton. Alix et Juliette grimacent. Elles ont dû, pour se placer là où elles sont maintenant, couper à travers les ajoncs.

– Très bien. Ne bougez pas, les filles. On va explorer les deux directions de la droite. Gwen, tu rejoins Alix ; je vais avec Juliette.

La corde est posée par terre ; les deux équipes se tournent le dos et commencent à marcher dans les deux directions opposées. La progression est difficile, même si les fougères sont ici plus nombreuses que les ajoncs. Gwen et Alix s'enfoncent dans la lande, tandis que Clémence et Juliette se dirigent droit vers le bord de la falaise.

– Contente de sortir de ces piquants, dit Clémence en posant le pied sur le chemin douanier. Un panneau posé au sol l'y accueille : « Espace en restauration, merci de rester sur les sentiers ». Les deux filles rient, se massent les mollets.

– On n'a rien trouvé, conclut Juliette.

– Attends, dit Clémence, on n'a pas encore atteint le bord de la falaise, il reste trois mètres. Allez, courage, on continue !

Juliette grommelle mais suit Clémence qui s'est déjà engagée dans les fougères avec une grande prudence : il ne s'agit pas de glisser en bordure du précipice ! Au deuxième pas, son pied bute contre un obstacle caché sous une fougère. Elle évite la chute de justesse et écarte le pied de la fougère pour examiner le piège qui l'a fait trébucher. C'est encore une ouverture de béton, mais très étroite, et grillagée. Clémence s'exclame :

– Le puits d'aération de la photo !

– Tu crois ? souffle Juliette.

Clémence se redresse, observe le paysage.

– J'en suis sûre, s'exclame-t-elle. Regarde : on voit le rocher aux mouettes là-bas, à la même distance que sur la photo d'Yvon. Et cette bouche d'aération, cachée par la fougère, n'est pas visible du chemin.

Juliette regarde les falaises, la mer. Sur son visage, le doute fait place à l'enthousiasme.

– Reste là : je cours prévenir les autres.

Bondissant vers la lande, elle s'apprête à crier de toutes ses forces pour appeler Alix et Gwen. Mais elle se rappelle soudain les empreintes de chien aperçues tout à l'heure, et elle adopte la démarche d'une promeneuse pour retourner sur ses pas.

Chapitre 11

Quand Alix et Gwen arrivent essoufflées devant le puits d'aération, elles comprennent tout de suite que la découverte est de taille. Clémence ne perd donc pas son temps à leur donner des explications. Elle dit seulement :

– Il faut aller chercher les parents, même s'ils sont à table. Ce serait bien qu'ils apportent des outils pour desceller la grille ; regardez, elle est solidement fixée.

En effet, Clémence secoue le grillage de toutes ses forces. Il ne bouge pas d'un millimètre.

– Il suffirait peut-être d'aller au phare demander l'aide d'Hervé, suggère Gwen.

Les filles se regardent. Elles se remémorent la scène de la nuit dernière. Chacune revoit la femme d'Hervé étouffant ses bâillements sous un sourire gentil, tandis qu'elle les reconduisait à la maison. Déranger le couple en plein milieu d'un repas ? Il ne manquerait plus qu'elles soient sur une fausse piste et qu'Hervé, après avoir descellé la grille à leur demande, tombe sur un espace vide. Non, elles n'oseront pas aller le chercher !

– On n'a plus qu'à courir à la maison, conclut Clémence.

Les sourcils froncés, Alix réfléchit.

– Écoutez, dit-elle enfin. Le mieux serait qu'on se sépare. Deux d'entre nous retournent à Plévenon, et les deux autres restent ici. D'abord, ça permettra de retrouver le puits plus facilement, mais surtout, Patibul rôde peut-être avec son chien.

– Ce serait plus prudent qu'on reste ensemble, murmure Clémence. On rentre vite, toutes les quatre, et on ramène les parents. À supposer que Patibul nous ait entendues et qu'il trouve la bouche d'aération, il n'aura pas le temps de faire quoi que ce soit.

– Si, dit Juliette d'un air sombre. Une demi-heure, ça lui donne largement le temps de desceller une grille ; et encore, c'est si on court vite. Je préfère rester ici. De toute façon je n'ai pas peur de lui, et encore moins de son chien.

– Je reste avec toi, décide Clémence. Gwen, tu te sens la force de courir vite ? Alix est une gazelle.

– Je vais essayer, dit Gwen. On y va, Alix ?

Quelques minutes plus tard, Clémence et Juliette sont assises en tailleur sur un rocher, non loin du bord de la falaise, face au large. Le temps s'est encore gâté et la mer paraît sombre, austère. Des nuages noirs roulent d'un bout à l'autre de l'horizon. Loin à l'ouest, un rideau de pluie obscurcit le ciel.

– Tu as pris ton imper, Juliette ? demande Clémence.

– Oui. Moi, je n'avais pas de pelle au fond de mon sac, mais j'ai toujours un K-way qui traîne.

– Bien joué. J'ai complètement oublié qu'il pouvait faire mauvais ici, dit Clémence. Tant pis pour moi si je me fais doucher. En tout cas, on aura eu beaucoup de chance pour le temps cette semaine.

Juliette acquiesce. Soudain, un bruit de pas se fait entendre sur le sentier. Elles se retournent pour voir qui a débouché sur le chemin, et sentent leur souffle se suspendre : cet homme qui leur fait face, une pioche sur l'épaule, c'est Patibul. Il a son pitbull sur les talons. Le chien grogne et retrousse les babines. Clémence frémit et se dit qu'elle ne doit pas avoir peur. Si le chien sent qu'elle a peur, il va mal réagir. Pour se donner du courage, elle parle immédiatement :

– Bonjour. Alors c'est vous dont on a sauvé le chien l'autre jour ?

– Sauvé mon chien ? fait Patibul d'une voix ironique.

– Parfaitement. Sans nous, il aurait été piégé par la marée.

– Mon chien est débrouillard. Il se serait tiré d'affaire sans problème.

– Drôle de façon de nous remercier ! rétorque Clémence en s'efforçant de cacher la colère qui l'envahit.

– Je ne vois même pas ce que vous voulez dire, répond le rustre. En tout cas, je sais une chose, j'ai du boulot ici. Du boulot qui ne regarde que moi. Fichez le camp, allez retrouver vos parents !

Clémence et Juliette se regardent, abasourdies. Pas besoin d'échanger un mot pour comprendre ce qui s'est passé : Patibul se dissimulait sur la lande, comme il l'a déjà fait auparavant. Il a suivi toute la recherche. Et maintenant il veut s'approprier le trésor grâce à sa pioche. Que faire ? Les filles essaient de réfléchir vite, mais l'adversaire ne leur en laisse pas le temps :

– Allez, ouste, filez, sinon vous risquez de prendre un mauvais coup avec cet outil. Et mon chien peut aussi être très, très méchant quand je lui demande d'attaquer.

Cette menace ne laisse aucun choix aux deux amies. Il serait insensé de tenir tête à cet homme. Clémence et Juliette tournent les talons et se mettent à courir en direction du phare.

– Et n'essayez pas de prévenir le gardien ! leur lance Patibul d'une voix moqueuse.

Les filles ralentissent, prises au dépourvu : évidemment, c'est bien ce qu'elles comptaient faire.

– Ils sont absents, sa femme et lui, reprend Patibul. J'ai pu leur emprunter cette pioche dans la remise sans leur demander leur avis.

Clémence et Juliette se remettent à courir, soucieuses de s'éloigner au plus vite de ce sinistre individu. Là-bas, au parking, elles reprendront la route de Plévenon pour tenter de rattraper Alix et Gwen.

Alors qu'elles se rapprochent du phare, un cri d'oiseau leur fait tourner la tête vers la gauche. Une mouette vole au ras de la lande ; Juliette et Clémence la reconnaissent tout de suite, car Alix et Gwen courent en dessous d'elle. La mouette prend soin de planer lentement pour ne pas les distancer. Elle les guide tout droit vers Juliette et Clémence. Une fois que les quatre amies se sont rejointes, la mouette se pose sur le sentier et commence à picorer des miettes de pain invisibles.

– Qu'est-ce qui s'est passé ? demande Alix hors d'haleine. Vous avez dû quitter le puits d'aération ?

– Oui. Patibul est arrivé et il nous a menacées ! On n'a pas osé résister.

– Oh, vous avez bien fait ! s'exclame Gwen. Vous valez bien plus cher que tous les trésors de Plévenon.

– Il a une pioche pour desceller la grille, ajoute Juliette. Et nous, on n'a aucun moyen de l'empêcher d'agir. C'est trop injuste. Ce trésor, c'est nous qui l'avons retrouvé.

Alix essaie de trouver un motif de consolation :

– Si ça se trouve, la bouche d'aération est vide.

– Et vous ? demande Clémence. Pourquoi êtes-vous revenues sur vos pas ?

– C'est la mouette qui est venue nous chercher, explique Alix. Elle nous a forcées à faire demi-tour en piaillant. Elle avait dû voir que vous étiez en danger. Décidément, elle a décidé de nous protéger.

Les autres hochent la tête en regardant la mouette, qui s'est arrêtée de manger pour les observer aussi.

– Je serais d'avis qu'on rentre vite à la maison, suggère Clémence. Avec des renforts et un peu de chance, on reviendra ici à temps pour empêcher Patibul d'emporter tout le trésor. Il n'a qu'un petit sac à dos.

Mais avant même que les filles puissent esquisser un pas, la mouette sautille vers elles, attrape dans son bec le lacet de Gwen, et tire dessus. Le nœud se défait. La mouette tire encore plus fort, en reculant vers le bord de la falaise. Inquiète,

Gwen cherche à se dégager, mais la mouette ne lâche pas prise.

– Elle a quelque chose à nous montrer, c'est sûr ! dit Alix tout bas.

Elle regarde dans la direction où se trouve Patibul. Ce doit être à une cinquantaine de mètres, mais il est caché par la végétation. Ce n'est pas cette direction qu'indique la mouette, de toute façon.

Juliette s'accroupit devant l'oiseau.

– Lâche le lacet de Gwen, on te suit… mais attention, on ne pourra pas faire de folies au bord de la falaise. On n'a pas d'ailes, nous, tu comprends.

Apparemment la mouette a compris. Trottinant doucement, elle quitte le sentier, s'engage entre deux buissons d'ajoncs, s'approche du précipice. Alix la suit de près en assurant chacun de ses pas. Voici la falaise. Surprise, Alix constate qu'une fissure permet de descendre entre deux parois, à l'abri d'un rocher saillant, sans faire face au vide. Les prises pour les pieds ont l'air bonnes. La mouette a pris son envol et plane en silence au bord de la falaise, comme pour encourager Alix qui hésite.

– Laisse tomber, murmure Clémence. C'est trop dangereux. On n'a même pas la corde, elle est restée par terre à l'endroit où on a tracé la tangente.

Alix pose son sac par terre et répond :

– Qu'est-ce que tu crois ! J'ai pensé à la reprendre.

Elle ouvre le sac, en tire la corde.

– Tu ne vas pas descendre ! proteste Clémence. On avait promis de ne pas aller sur le chemin des fous.

– Ce n'est pas le chemin des fous, ici. Il commence beaucoup plus loin sur la gauche.

– Et alors, grande maligne ! C'est encore pire si ce n'est pas un chemin. Il faut retourner chercher nos parents, c'est tout ce qu'on peut faire.

– Attends, plaide Alix. La mouette a vraiment quelque chose à nous montrer et, si elle insiste, c'est que cet endroit est accessible. Regarde comme elle veille sur nous depuis le début ! Elle ne va pas nous mettre en danger.

Le ton monte chez Clémence :

– Une mouette, même intelligente, n'est pas capable d'estimer tes limites physiques, Alix. Allez, demi-tour.

Alix regarde sa cousine droit dans les yeux.

– Bien sûr, je suis d'accord avec toi, surtout que je ne suis pas toute seule ; on est quatre. Je ne veux pas faire l'idiote.

Mais c'est peut-être notre seule chance de trouver le trésor avant Patibul, qui a dû attaquer le travail. Alors je vais descendre prudemment, attachée à la corde que vous allez tenir toutes les trois. Si ça devient scabreux, je te promets que je remonte aussitôt. Je ne tiens pas à risquer ma vie.

Sur ces mots, Alix se passe la corde autour de la taille, y fait un nœud solide et tend l'autre extrémité à ses amies. Les filles s'y agrippent à six mains et s'assoient sur un rocher, aussi loin que possible du précipice, pour tenir bon si elles doivent retenir une chute.

Le cœur serré, elles voient Alix s'engager dans la fissure et disparaître presque aussitôt à leurs regards. Elles laissent filer la corde tout doucement, si doucement que la tête d'Alix réapparaît bientôt au sommet de la fissure :

– Eh, les filles ! chuchote-t-elle. Ne me tenez pas aussi serré. Je n'arrive pas à descendre ! C'est très facile, je vous promets. Il faut me laisser libre de mes mouvements.

Elle disparaît de nouveau. Les trois filles laissent la corde se dévider. Un mètre, deux mètres environ glissent dans le vide à la suite d'Alix. La mouette fait un piqué et disparaît aux regards : sans doute surveille-t-elle de près les gestes de l'exploratrice ? Bientôt, la corde arrête de bouger. Alix a dû s'immobiliser quelque part juste en dessous du sommet de la falaise. Tendues, les mains crispées sur la corde, les filles attendent. Puis elles voient émerger de nouveau le visage de leur amie, rose d'excitation :

– Les filles ! Il y a un trou dans la falaise, comme l'entrée d'une grotte. Il est très étroit mais je pense qu'on peut s'y faufiler, vu nos tailles.

– Tu rêves, Alix ! fait Gwen. Je te rappelle que les pêcheurs du village ont examiné toutes les falaises de près.

– On ne voit pas le trou depuis la mer, il est caché par un rocher. Et on le voit encore moins depuis le haut de la falaise !

Les filles se regardent.

– Ce n'est pas trop dur de descendre ? demande Juliette. Je pose la question parce que ma mère est sujette au vertige, ajoute-t-elle en faisant un clin d'œil à Clémence.

– Il suffit de bien tenir les prises, assure Alix. Le rocher est solide. Même pas besoin de corde, ce n'est pas vertical !

Les trois filles, convaincues, se lèvent d'un bond. Gwen étant la plus jeune, c'est elle qui est choisie pour descendre juste derrière Alix. Juliette lui emboîte le pas, et Clémence ferme la marche pour aider sa copine si besoin. Mais Alix n'a pas exagéré : la fissure est un vrai escalier qui n'oppose aucun obstacle à la descente. À moins de deux mètres en dessous, sur une étroite plate-forme rocheuse protégée du vide par un rocher qui dépasse, Alix désigne l'entrée d'un boyau qui semble s'enfoncer dans la falaise. Elle s'y engage à quatre pattes, suivie par Gwen.

– Zut ! dit-elle à peine entrée. Il va faire noir comme dans un four ici, et on n'a pas de lampe !

– Si, s'exclame Gwen avec un sourire. Quand on est allées visiter le blockhaus Anton, mon grand-père m'a confié les frontales à la sortie, en me demandant de les garder jusqu'à la maison…

– Et alors ? la coupe Alix.

– Alors… Moi non plus je ne range pas souvent mes affaires, dit Gwen en extirpant quatre lampes de son sac à dos. Je les avais complètement oubliées là-dedans.

Alix éclate de rire et se coiffe de la frontale que lui tend Gwenaëlle. Juliette et Clémence font de même. La mouette s'est perchée au sommet du pic rocheux et suit avec intérêt le déroulement des préparatifs.

– Oh ! s'exclame Gwen, sur le ton qu'on prend quand on a une surprise désagréable.

– Qu'est-ce qu'il y a ? demande Alix. Elle a déjà pénétré dans le tunnel et sa voix est étouffée, comme si elle parlait de très loin.

– Il commence à pleuvoir. J'espère qu'on pourra remonter sans glisser. Le rocher est vite une patinoire ici.

Les filles se regardent, perplexes. Clémence et Juliette se tournent vers le large. Le ciel est d'un noir uniforme. Ce n'est pas une averse passagère qui commence. C'est le mauvais temps qui s'installe.

– Allez, on y va. Vous me suivez, les filles ? lance Alix à mi-voix.

Elle veut éviter de trop réfléchir. Il faut aller jusqu'au bout, maintenant.

Chapitre 12

Le boyau est réellement très étroit. Alix doit bientôt renoncer à avancer à quatre pattes : elle s'allonge de tout son long et rampe avec agilité.

– Ça va, Gwen ? Tu n'es pas claustrophobe ? dit-elle en tournant la tête pour éclairer de sa frontale le visage de la Bretonne.

– Claustro-quoi ? demande Gwen. Elle ignore peut-être le mot, mais son visage souriant montre qu'elle n'éprouve aucune angoisse.

Alix reprend sa progression. Au bout de quelques mètres, elle débouche dans un espace plus large, une sorte de caverne où il y a de la place pour les quatre amies. Alix se pousse sur le côté pour laisser les autres la rejoindre. Une odeur de fiente de mouette flotte entre les parois suintantes d'humidité.

– Beurk ! s'exclame Clémence, il y a longtemps que le ménage n'a pas été fait ici ! Heureusement qu'on est là pour passer la serpillière avec nos beaux tee-shirts bien propres...

En effet, le sol est tapissé de crottes d'oiseaux. Dans un flash, les filles imaginent la tête que feront leurs parents tout à l'heure, si tout va bien et qu'elles rentrent sans encombre à la maison, en voyant arriver quatre silhouettes frottées de terre et parfumées à la crotte de mouette. Mais il y a un temps pour chaque problème.

Pour l'instant, il faut réfléchir à la suite du programme. Alignées sur le ventre et serrées comme des sardines, les filles braquent le faisceau de leurs lampes sur le fond de la grotte, et poussent toutes un cri en même temps. Au milieu de l'espace resté vide brille la montre en or ! Clémence rame des coudes pour avancer jusqu'à elle, aussitôt imitée par les autres. Sans même se concerter, Clémence, Alix et Juliette laissent Gwen mettre la main sur ce bijou qui est celui de son arrière-grand-père. Elle s'en saisit, essaie de le soulever. Impossible. La montre semble fixée au sol. Alix examine le mystère de plus près et trouve aussitôt ce qui empêche la montre de bouger : un clou a été fixé dans son crochet. Quoique tout rouillé, c'est lui qui maintient la montre par terre. Clémence essaie déjà de l'arracher quand Alix s'exclame :

– Attends, n'y touche pas ! S'il est là, c'est qu'il y a une raison. Réfléchissons… réfléchissons…

Penchées sur la montre, les quatre têtes munies de frontales éclairent vivement le cadran. Les deux aiguilles, la petite et la grande, marquent 6 heures dans un alignement impeccable. Et si cet alignement indiquait une direction à suivre ? À peine l'idée a-t-elle effleuré Alix que celle-ci se tourne vers la gauche et braque le rayon de sa lampe sur la paroi de la grotte, dans le prolongement des aiguilles. Il y a là, dans un recoin particulièrement obscur, une cavité de rocher qui laisse deviner un nouveau tunnel. Jamais les filles ne l'auraient remarqué sans l'indice donné par la montre !

– Qui veut bien continuer l'exploration ? demande Alix.

– Moi ! s'exclament trois voix en même temps.

Alix s'engage donc dans ce nouveau boyau. Plus étroit encore que le précédent, il nécessite de se déhancher pour avancer tout en souplesse. Les quatre filles rampent en haletant.

– Chut ! fait soudain Alix en s'immobilisant.

Vers l'avant, à une distance incertaine, des coups sourds retentissent. Viennent-ils d'en haut ? D'en bas ? Comment se repérer dans ce souterrain si étroit ?

– C'est peut-être Patibul qui donne des coups avec sa pioche, dit Juliette.

Alix hoche la tête, réfléchit, et se remet à avancer. Il est trop tard pour faire demi-tour, de toute façon : personne ne pourrait se retourner dans ce boyau. Et puis, à vrai dire, la curiosité des filles est devenue plus forte que leur prudence. Elles veulent savoir où mène le passage !

Tout à coup, la progression devient facile. Les parois du souterrain ont été recouvertes d'un ciment bien lisse, sans doute aussi élargies artificiellement. Alix rampe sur un sol confortable, sans aspérités, et elle n'est plus obligée d'avancer tête baissée. Au bout de ce tunnel, le faisceau de sa lampe frontale éclaire l'entrée d'un espace plus vaste. Alix accélère en se demandant s'il s'agit d'un blockhaus. Derrière elle, ses amies suivent sans difficulté. La fin du tunnel se rapproche, et on distingue mieux le bruit des coups : c'est un vacarme assourdissant de ferraille, comme si on cognait sur du métal.

Trois secondes plus tard, Alix débouche dans une petite pièce carrée et retient avec peine un cri de stupeur. La pièce est remplie de caisses où s'entassent pêle-mêle des objets précieux. Alix se retourne vers Gwen qui vient de se relever à côté d'elle. Les yeux écarquillés, la main sur la bouche, la petite Bretonne est pétrifiée d'émotion par cette découverte. Juliette et Clémence qui entrent à leur tour font la même tête. Seule la mouette, qui fermait la marche, examine les lieux d'un air blasé. Elle semble dire : « Je vous l'avais bien dit... » Mais son attitude tranquille cède vite la place à l'inquiétude. Elle lève la tête en même temps que les quatre filles vers le plafond, d'où provient le bruit des coups. Par une étroite ouverture grillagée, on aperçoit la clarté du jour. Ou plutôt on la devine, car une silhouette massive penchée sur la grille obstrue la lumière : c'est Patibul, qui est en train de donner les derniers coups de pioche pour desceller la grille !

– Vite, les filles, éteignez vos frontales ! chuchote Clémence en profitant du vacarme métallique.

Les quatre lampes s'éteignent en même temps et les filles attendent, le cœur battant, en songeant que l'effet de surprise est peut-être leur dernière chance de mettre Patibul en déroute.

Quelques secondes plus tard, deux mains épaisses soulèvent le cercle de métal. Des gravats tombent dans la pièce et tintent contre des objets en argent. La pluie s'engouffre à son tour par le puits d'aération. Le visage de Patibul s'encadre dans l'ouverture circulaire, cachant de nouveau la lumière. Il essaie de scruter l'obscurité de la pièce. Il tend l'oreille.

– Tais-toi, Gueule d'Acier, rugit-il à l'intention de son chien qu'on entend grogner derrière lui.

Les filles n'osent pas se regarder, le moindre mouvement pourrait trahir leur présence. Mais le nom du pitbull ne les rassure pas.

– On n'y voit rien dans ce trou, lâche Patibul d'une voix contrariée. Sa tête disparaît de l'orifice. Presque aussitôt, il lâche par l'ouverture une volée de graviers qui s'éparpillent dans la pièce en tintinnabulant sur des éléments du trésor.

– T'entends ça, Gueule d'Acier ? s'écrie le pilleur. Elles avaient vu juste, ces petites écervelées ! Quand elles arriveront à tenir leur langue et à ne plus parler trop fort sur la lande, elles trouveront des trésors… En attendant, ce magot-ci est à moi ! Allez, saute le premier, saute, mon chien !

Le pitbull s'exécute, hésite un instant sur la méthode à adopter, décide de plonger la tête la première. Bruit de chute, boucan de métal, jappement furieux : Gueule d'Acier a atterri dans l'une des caisses et a dû se faire mal aux pattes. Lorsqu'il se rétablit par terre, un grondement féroce sort de ses mâchoires : il a flairé des présences humaines non loin de ses crocs.

– Qu'est-ce qui te prend, Gueule d'Acier ? crie Patibul depuis l'orifice.

Les grognements du chien s'apaisent presque aussitôt. Il vient de reconnaître l'odeur des filles que son maître le fait suivre depuis une semaine à travers plages et landes. Tout pitbull qu'il est, c'est un parfum qui lui est plutôt agréable. Il l'associe à son sauvetage de l'autre jour, quand Alix l'a hissé au sommet de la falaise.

– Bonjour, Gueule d'Acier, murmure Juliette en tendant la main vers le chien.

– Oh, mais il y a du monde là-dedans ! s'exclame Patibul qui vient de comprendre. Attaque, Gueule d'Acier, attaque ! Mords !

Gueule d'Acier semble s'être transformé en statue de pierre. La langue pendante, la queue immobile, les oreilles dressées, il ne réagit pas à l'ordre de son maître.

– Espèce de molosse de carnaval ! Allez, attaque !

Gueule d'Acier semble frappé de surdité. Furieux, son maître lui balance des graviers dans l'espoir de le faire répondre. Le pitbull se remet à gronder mais ne bouge pas. Alors Patibul, excédé, passe les deux jambes dans le puits d'aération pour sauter à son tour. Mais l'orifice est trop étroit pour sa taille et il reste coincé là, les pieds au-dessus de la caisse où a atterri son chien. Fou de rage, il balance ses sandales à scratch dans tous les sens. Gueule d'Acier saute sur la caisse et tente d'attraper entre ses crocs une lanière de ces sandales, dans l'espoir d'aider son maître à descendre en tirant sur sa chaussure. Mais pour toute récompense il reçoit un coup de pied sur la tête !

Alors, violemment contrarié, il bondit en l'air et arrache un pan du short de Patibul. Ses grognements semblent dire : « Attention, c'est un avertissement, je peux être plus méchant ! »

– Bien joué, Gueule d'Acier, s'écrie Juliette malgré elle.

– Oui, c'est tout ce qu'il mérite ! trépigne Gwen.

Patibul immobilise ses jambes, hésitant visiblement sur la tactique à suivre. Il connaît son chien par cœur et sait qu'il peut être dangereux... Sans doute se reproche-t-il de l'avoir mis de mauvaise humeur !

Comme si elle voulait contribuer à la scène, la mouette se met à voleter dans la pièce et effleure de ses ailes les jambes de Patibul. Terrorisé par ce contact qui ne ressemble à rien de connu, Patibul a soudain une seule envie : s'enfuir au plus vite. Il se contorsionne pour s'extraire de la bouche d'aération, et bientôt les filles voient ses jambes disparaître par l'orifice. Le bruit de sa course s'efface à mesure qu'il s'éloigne, et les filles restent seules, haletantes, au milieu du trésor de Plévenon, avec Gueule d'Acier qui s'est couché à leurs pieds.

– Qu'est-ce qu'on fait maintenant ? demande Alix, les yeux brillants.

– On charge un maximum d'objets dans nos sacs, propose Clémence. Ensuite on n'a qu'à sortir par le haut, en empilant des caisses pour atteindre le trou. On ira prévenir nos parents, et ils viendront nous aider à remonter le reste du trésor... Ça vous va comme programme ?

Le chien gémit.

– Ne t'inquiète pas, lui dit Juliette, on t'aidera à passer avec la corde. Tu commences à être habitué à l'alpinisme !

– Ça va être difficile de glisser ce genre de chose dans nos petits sacs, fait observer Gwen en brandissant une énorme théière d'argent.

– Il y a sûrement de plus petits objets, dit Clémence en commençant à fouiller une caisse. Tenez, regardez ! ajoute-t-elle en montrant des colliers et des bracelets.

Juste à ce moment-là, des appels se font entendre là-haut :

– Gwenaëlle, Clémence, Alix, Juliette ! Où êtes-vous ?

C'est la voix d'Alain ! Les filles se souviennent subitement qu'il avait promis de les rejoindre à 13 heures pour tirer au clair l'énigme de la photo. Elles hurlent toutes ensemble :

– Ici ! On est ici !

Elles entendent des pas qui se rapprochent. La pioche abandonnée sur place par Patibul aide Alain à trouver très vite d'où viennent les voix. Son visage se penche au-dessus de ce puits d'aération dont il n'avait jamais soupçonné l'existence.

– Ça alors ! s'exclame-t-il. C'est dingue !

Gwen éclate de rire, enchantée.

– Si on m'avait dit que j'entendrais un jour : « C'est dingue ! » dans la bouche de mon grand-père !

Épilogue

Alain a demandé aux filles de ne pas toucher au trésor avant l'arrivée des gendarmes ; il estimait, avec raison, que cette découverte devait avoir des témoins officiels. Les gendarmes sont venus très vite, heureusement pour le grand-père qui les attendait stoïquement sous une pluie battante. Les quatre enquêteuses ont été tirées de leur trou, ainsi que Gueule d'Acier ; la mouette avait préféré repartir seule par le tunnel qui menait à la falaise.

Gueule d'Acier a bien voulu mener les gendarmes sur la piste de Patibul, qu'on a retrouvé dans une caravane cachée au milieu de la lande. Les filles ont enfin appris le fin mot de l'histoire : leur adversaire était le petit-neveu d'Émile, le pêcheur disparu en mer. L'histoire du trésor de Plévenon avait circulé dans sa famille, installée dans le sud de la France.

Patibul avait décidé de retourner en Bretagne pour tenter de percer ce secret. Malheureusement pour lui, il s'y était pris d'une manière peu loyale, et son attitude lui a valu d'être placé en liberté surveillée, avec obligation de se présenter à la police chaque semaine. Il n'a pas eu le droit de garder Gueule d'Acier, car les individus suspects ont l'interdiction de posséder des chiens d'attaque. De toute façon, Gueule d'Acier n'avait visiblement plus envie de rester avec son maître, ni d'attaquer qui que ce soit. Les gendarmes voulaient le placer à la SPA, mais c'est le voisin d'Yvon et Marie, un homme doux et pacifique, qui a demandé à le garder chez lui. Il l'a rebaptisé « Gueule d'Ivoire », parce que c'était moins agressif, et le chien a tout de suite adopté son nouveau nom.

L'inventaire du trésor correspondait exactement à la liste d'Yvon et Marie. Les objets ont été rendus aux familles. Mais certains propriétaires n'avaient pas eu de descendants. Les filles ayant refusé de s'approprier le moindre bijou, ces biens non réclamés ont été donnés à la mairie. Leur vente a financé l'entretien de la réserve ornithologique du cap Fréhel, où nichent huit cents familles d'oiseaux. Juste retour des choses, après le rôle que la mouette avait joué dans la découverte du trésor !

Les filles ont été félicitées, haut et fort, pour leur flair, et grondées, haut et fort aussi, pour avoir caché aux adultes l'inquiétante présence de Patibul dans l'enquête.

Mais le plus dur restait à venir : il fallait se séparer, quitter Gwen qui repartait pour Rennes, et aider les parents à faire les bagages. Au moment même où Gwenaëlle traversait le jardin pour faire ses adieux à ses amies, Juliette est arrivée en brandissant le portable du père de Clémence :

– Les filles ! J'ai ma mère au téléphone. Elle vous invite toutes les trois pour une semaine chez nous dans les Alpes, à la fin du mois d'août. C'est oui ? Dites, c'est oui ?

Avec ce projet en tête, la séparation s'est faite dans la joie des futures retrouvailles.

Table des matières

Découvre L'univers chéri

Pour toutes les filles de 8 à 12 ans

Fleurus

agenda
chéri
2013
2014
Fleurus

Carnet
secret
chéri
Fleurus

cahier
chéri
Fleurus

mon coffret
chéri
Tout pour écrire
de jolies lettres !
Fleurus

Fleurus

Les romans

Fleurus

Les classiques

Fleurus

Achevé d'imprimer par Corlet, Imprimeur, S.A. - 14110 Condé-sur-Noireau
N° d'Imprimeur : 156837 - Dépôt légal : juillet 2013 - *Imprimé en France*